청라네 마을 지도

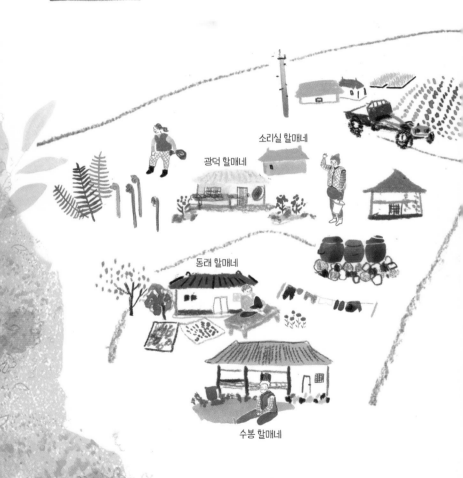

소리실 할매네

광덕 할매네

동래 할매네

수봉 할매네

한평 할매네

쌍지 할매네

청라네

도란 할매네

동티 할매네

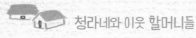

청라네와 이웃 할머니들

할머니 탐구 생활

2015년 11월 30일 초판 1쇄 발행. 정청라가 쓰고, 도서출판 샨티에서 이흥용과 박정은이 펴냅니다. 임종진이 사진을 찍고, 방현일이 그림을 그렸습니다. 전혜진이 본문 및 표지 디자인을 하였으며, 소연과 김다정이 마케팅을 합니다. 인쇄 및 제본은 상지사에서 하였습니다. 출판사 등록일 및 등록번호는 2003. 2. 6. 제10-2567호이고, 주소는 서울시 마포구 성미산로16길 18, 전화는 (02) 3143-6360, 팩스는 (02) 338-6360, 이메일은 shantibooks@naver.com입니다. 이 책의 ISBN은 978-89-91075-00-9 03810 이고, 정가는 15,000원입니다.

이 도서의 국립중앙도서관 출판시도서목록(CIP)은 e-CIP홈페이지(http://www.nl.go.kr/ecip)와 국가자료공동목록시스템(http://www.nl.go.kr/kolisnet)에서 이용하실 수 있습니다.(CIP제어번호: CIP2015031747)

• 한국출판문화산업진흥원 2015년 '우수출판콘텐츠 제작 지원' 사업 선정작입니다.

'할머니'라는
지혜의 창고에서 발견한
삶의 보물들!

할머니 탐구생활

【산티】

'할머니'라는 지혜 창고를 열며

우리 마을은 '이런 곳에 마을에 있다니!' 싶을 정도로 외진 곳에 있다. 버스가 들어오지 않는 것은 물론 작은 구멍가게 하나 없다. 우리 집까지 해서 열 집이 있는데, 대부분은 혼자 사는 할머니이고 마을 초입에 폐가가 한 채 있어 어찌 보면 을씨년스럽기까지 하다. 오죽하면 이사를 앞두고 내가 살게 될 집을 구경하러 오셨던 친정 엄마가, 왜 하필 이런 '꼴창' 마을이냐며 대성통곡까지 하셨을까?

이런 곳에서 사는 할머니들은 대체 어떤 분들일까? 빈 집처럼 보이는 집에서 유령처럼 살아가는 할머니들이 처음엔 이상하게만 보여서 담을 쌓고 대문을 걸어야 하는 건 아닌가 심각하게 고민을 하기도 했다. 하지만 시간이 흐를수록 할머니들을 놀라운 눈으로 바라보게 되더니 급기야 할머니들의 악착같은 생명력 앞에 넙죽 엎드리게 되었다. 할머니야말로 '오래된 미래'이고 '살아 숨 쉬는 지혜', 그리고 '우리 안에 되살려야 할 골동품'이라는 사실을 깨닫게 된 것이다.

그와 같은 깨달음을 나 혼자 알고 지내기가 너무 아까워 이렇게 글로 엮어 책으로 펴내게 되었다. 책으로 나오기까지 마음으로 응원하고 격려해 주신 많은 분들께, 특히 친정 엄마와 외할머니께 고마운 마음을 전하고 싶다.

꽃망울을 머금었던 꽃나무가 어느새 활짝 핀 꽃을 매달고 있을 때, 하루가 다르게 눈부시게 짙어지는 나뭇잎의 푸르름을 볼 때, 나는 꼭 마술에 걸린 것 같다. 눈 깜짝할 사이 대체 무슨 일이 일어난 걸까? 눈을 떼지 않고 잠자코 바라본다면 마술의 비밀을 알아챌 수 있을까? 그 자리에 머물지 않고 시시각각 변화하는 자연. 자연의 변화는 너무도 당연하게, 그러면서도 은밀하게 이루어지기에 나는 늘 두 눈을 비비게 된다.

나 또한 자연의 일부이니 날마다 주어지는 내 삶 역시 변화하고 있을 것이다. 하지만 자꾸만 머리로 생각하는 버릇이 있어서인지 변화의 흐름에 모든 것을 맡기는 게 쉽지 않다. '아직은 아니야. 조금만 더 이대로 있어줘!' 하며 있던 곳에 머물고자 하고, 낯선 변화가 두려워서 '이대로가 좋단 말이야' 하며 발버둥치기도 한다. 그러다 보면 결국 생기 고갈! 몸이 힘들고 마음이 힘들어진다. 나날이 변화하고 있음을 그대로 받아들이는 게 몸과 마음을 위하는 일이라는 것을 그제야 아프게 깨닫는다.

내가 할머니에 주목하게 된 것은 바로 그와 같은 깨달음에서다. 지금 당장은 내가 할머니가 될 거라는 사실이 믿기지 않지만, 운이 좋다면 반드시 그렇게 될 것이다. 지금 할머니라 불리는 이들도, 그 할머니의 할머니들도 언젠가 어린아이였고, 아가씨였고, 아줌마였을 테니까. 그들은 수많은 세월을 건너오며 변화를 몸으로 겪어온 사람들이다. 생의 굵직굵직한 마디를 몇 차례 건너뛰며 숱한 기억과 감정을 살아냈을 것이다.

우리 마을 할머니들만 해도 자식을 먼저 떠나보내는 아픔을 겪기도 하고, 노름하는 남편 때문에 온갖 고생을 하기도 하고, 아들 둘을 데리고 씨받이로 살러 가는 등 내가 상상할 수조차 없는 갖가지 고초를 겪으셨다. 그럼에도 아픔은 아픔대로 가슴 한편에 묻은 채 삶을 포기하지 않고 꿋꿋하게 살아오셨다. 요즘 사람들이 누군가에게는 아주 사소할 수 있는 고민으로도 쉽게 목숨을 끊는 것과는 퍽이나 대조되는 현상이다.

나는 거기서 생명 가진 존재의 강인함과 존엄함을 느꼈다. 마치 수백 년을 살아온 늙은 나무나 몇 세대 전에 살았던 사람이 쌓아올린 돌담 같은 것을 볼 때와 같은 경외심도 갖게 되었다. 내가 헤아릴 수 없는 세월의 흔적, 거기서 배어나오는 따스한 냄새!

이런 눈으로 우리 마을 할머니들을 바라보니 한 분 한 분이 예사롭지 않다. 약간의 치매 증상을 보이심에도 마당에 있는 뜰을 화초밭으로 곱게 가꾸는 아흔세 살 동래 할머니, 개 일곱 마리를 자식처럼 애지중지 돌보는 여든여섯 쌍지 할머니, 뭘 심어도 잘 나고 잘 자라 초록빛 손가락 요정을 떠오르게 하는 일흔세 살 수봉 할머니…… 한 분 한 분이 개성 넘치는 삶으로 큰 가르침을 주고 계신다. 이분들은 죽을 날만 기다리는 할망구가 아니라 살아있는 지혜의 화신으로 내 곁에 계시는 것이다. 그분들과 한 마을에서 함께 오늘을 살고 있음이 얼마나 황송하고 고마운 일인지……!

오늘도 할머니들은 내 곁에서 가르쳐주고 계신다. 도라지는 언제 어떻게 심고, 나물은 어떻게 데쳐서 보관해야 하는지 같은 실용적인 살림살이 노하우부터, 어떻게 해야 삶을 두려움 없이 담담하게 마주할 수 있는지, 아픔을 잘 견딜 수 있는 비법은 무엇이며, 인생의 참된 의미는 무언지에 대한 심오한 지혜까지……

그 말씀에 귀를 기울이기만 하면 삶은 눈부시게 아름다운 놀이터가 되고야 만다.

　이제와 돌아보면 '할머니 탐구 생활'은 덜 여문 새댁이 단단히 여물어 한 알의 씨앗이 되어가는 할머니들 삶을 흘깃거리며 삶의 방향키를 잡는 여정이었는지도 모르겠다. 귀농을 선택함과 동시에 현대 사회가 쥐어준 내비게이션을 내려놓아야만 했던 지난날, 그러면서 마주친 막막함과 불안함…… 하지만 밤하늘의 별과 같이 총총 빛나는 할머니들이 있어 새롭게 길을 찾아 나설 수 있었다. 내게 길을 가르쳐주는 그분들께 고맙고 또 고마울 따름이다.

　자랑스러운 할머니, 만세!

🌿 차례

둘

셋

넷

에필로그

하나

나물 전사, 한평 할머니

놀라운 속도로 봄빛이 번지고 있다. 이제 슬슬 몸이 바빠지겠구나 싶어 나는 겁이 덜컥 나는데, 앞집 한평 할머니는 눈빛부터가 달라지셨다. 눈에서 초록불이 뿜어져 나올 듯이 초롱초롱하게 말이다. 겨우내 "심심해 죽겠다" 소릴 달고 다니더니만 드디어 활동을 개시하신 모양이다.

아기 손바닥만 한 첫물 머위를 시작으로 산비탈 취, 쑥, 두릅, 우산나물, 산더덕, 고사리까지, 한평 할머니 나물 보따리를 들여다보면 봄이 얼마만큼 깊어졌는지 한눈에 알 수 있다. 오늘도 가방 한가득 고사리를 해 오셨기에 놀랍고 부러운 눈으로 쳐다보며 물었다.

"허리 아프고 다리 아프시다면서 언제 이렇게 해오셨데요?"

"여그서 걸어갈 때는 아파 죽겄어. 근디 산에 들어가믄 아픈 줄도 몰라. 꼬사리 끊다 보믄 오져가꼬 암시랑토 않당께. 내일은 집이도 같이 가. 도롱구테(골짝 이름)로 갈라니께."

"애 둘을 데리고 그 골짝을요? 아유~ 됐어요. 길이 험해서 안 돼요. 차라리 고사리 안 먹고 말지."

"갈 만혀. 다울이는 내가 데리고 갈랑께 다랭이 업고 살살 따라와. 꼬사리 겁나 많은 디 알려줄 텡께."

'고사리가 겁나 많은 곳'이라는 말에 두 귀가 솔깃해졌다. 사실 나는 여지껏 저수지 둑 말고는 고사리 끊을 만한 데를 알지 못한다. 할머니를 따라가서 고사리 나는 자리만이라도 알아두어야지 싶어 덥석 약속을 잡았다. 얼마나 험난한 여정이 기다리고 있을지 전혀 예상도 못한 채 말이다.

다음날, 봄볕이 번져 따듯함이 감돌기 시작하자 할머니가 찾아오셨다.

"치매 두르고 장화 신어. 다울이도 장화 신기고. 가다 보믄 물찌걱거리는 데 있웅께."

"아, 네. 치매라면 나물 치마요? 알겠어요."

이사 온 첫해부터 한평 할머니 성화에 나물 치마를 만들어 둔 게 있었다. 나물 치마란 캥거루 주머니처럼 생긴 앞치마인데,

19

할머니 말씀이 산에 나물하러 다니려면 나물 치마 없인 안 된다는 것이다. 산을 기어오르고 하려면 두 손에 짐이 들려 있어서는 영 불편하다면서 말이다. 그 말씀을 듣고 서툰 바느질 솜씨로 큼지막한 나물 치마를 장만해 두었건만 솔직히 제대로 써보진 못했다. 험한 산에까지 나물을 하러 다닐 일이 그다지 많지 않았던 것이다.

아무튼 할머니 말씀대로 나물 치마를 두르고 물과 간식을 챙기고 다랑이는 포대기에 들쳐 업었다. 그러고는 뛰다시피 걸어 겨우 한평 할머니 뒤를 따라잡았다.

"아따, 같이 가요. 뭐가 그리 바쁘실까?"

"언능 가야제. 수봉떡이 다 끊어가분단 말이여."

한평 할머니 말씀에 따르면 지금 가는 자리는 한평 할머니와 수봉 할머니 단 둘만 아는 자리란다. 수봉 할머니 밭 옆을 지나가는 코스라 수봉 할머니가 살그머니 끊어가 버릴 때가 많다면서 자꾸만 걸음을 재촉하시는 것이다.

마침내 산 속으로 들어가서야 물을 마시며 잠깐 휴식. 그다음부터는 할머니의 도술 보행이 시작된다. 주위를 두리번두리번 살피며 살그머니 걷다가 어느새 두 손 가득 고사리를 쥐고 계시는 도술! 으스스한 무덤가는 물론 가시덤불 우거진 비탈밭도 아랑곳하지 않고 사뿐사뿐 올라가 사부작사부작 다니며 눈 깜짝할 새 나물 치마를 부풀리니 아무리 봐도 도술을 부리시는 것만 같다. 고사리는 나는 자리에서 계속 올라오니까 그 자리를 기억하고 더 듬어 가시는 것이리라.

한편, 뭣도 모르고 할머니 뒤만 좇는 나로서는 발밑에 두고도 못 보고 넘어가니 눈뜬장님이 따로 없다. 오히려 다울이가 나보다 낫다. "앗, 엄마 앞에 고사리다!" 하고 외치며 보물찾기하듯이 신이 나서 좇아다닌다. "할머니 끊지 마요. 내가 더 많이 끊을 거예요"라며 고사리 고수 앞에서 감히 경쟁 의지까지 불태우면서.

이렇게 하면서 우리 일행은 산 깊숙한 데 자리 잡은 묵은 밭까지 갔다. 이제 산딸기나 따먹다가 집으로 돌아가면 되겠지 싶어 다랑이를 내려놓으려는데 할머니가 길도 없을 성싶은 비탈길을 엉덩이로 미끄러져 내려가시는 게 아닌가?

"또 어딜 가시려고요?"

"안즉 멀었어. 애기 업고 이리 내려와. 다울아, 이리 온나. 할머니가 받아줄게."

"엥? 더 가야 한다고요? 저는 여기서 기다리고 있을 테니 혼자 다녀오세요."

"아따, 언능 와. 쫌만 가믄 거가 꼬사리 밭이여 밭! 딸나무(산딸기)도 많당께."

"진짜죠? 진짜 쫌만 가면 되죠?"

할 수 없이 의심의 눈초리를 하고 다시 할머니 뒤를 좇았다. 그랬더니 이번엔 아예 길도 없는 곳이라, 야트막한 냇가를 따라 한없이 걸어야 했다. 돌에 미끄러져 물에 빠질 뻔한 것도 몇 차례, 낮게 뻗은 나뭇가지에 얼굴이며 머리를 찔리기도 여러 번, 다랑이를 업은 채 좁고 험한 길을 걸으려니 고생이 말도 아니다.

그런데 이런 와중에 한평 할머니는 한손으로는 다울이 손을 잡고, 다른 한손으로는 냇가의 다슬기를 잡으며 걸어 올라가시는 게 아닌가. 할머니의 여유만만한 자태 앞에서 나는 입을 다물 수가 없었다. 힘들어하는 내가 이상한 건지, 아무렇지 않은 할머니가 이상한 건지 한없이 헷갈리기만 했다.

평소 제대로 아는 것도, 하는 것도 없이 먹고 싸기만 하는 똥자루라고 무시당하기 일쑤인 한평 할머니. 글자를 못 읽는 것은 물론 자기 나이도 모르고 핸드폰조차 혼자 사용할 줄 모르는 분이지만, 산에서는 한없이 위대해 보이기만 하니 이게 도대체 무슨 일이람?

그렇게 고개를 갸웃거리며 20여 분 가까이 걸은 뒤에야 할머니가 고사리 밭이라고 부르는 동산에 가 닿았는데, 과연 고사리가 많기는 많았다. 조금 과장해서 말하면 콩나물시루에 콩나물 올라오듯이 빽빽했다고나 할까? 때를 놓쳐 벌써 잎이 피어버린 것도 많았지만 이제 막 올라온 것도 많아서 끊는 재미가 쏠쏠했다. 어느새 고사리에 친숙해진 내 눈은 풀숲에 숨어 있는 것까지 기막하게 알아보는 데까지 발전했다. 오죽하면 앉아서 쉬는 와중에도, 산딸기를 따는 와중에도, 눈을 반쯤 감은 채로도 고사리가 보였을까?

그제야 한평 할머니가 겨우내 "아따, 고사리 빨리 올라오믄 쓰겄다"며 철 이른 고사리 타령을 하셨던 게 이해가 되었다. 바로 이 재미를 기다리셨던 게로구나. 친정 엄마가 고사리 끊다 보면 산 하나도 뚝딱 넘는다 하셨던 말씀도 가슴 깊이 이해가 되었다. 바로 이 맛에 고생길을 마다하지 않는 것이로구나.

단지 나물 치마를 부풀리는 재미만은 아니었다. 누군가 마음 넉넉한 이가 숨겨놓은 선물을 마주하는 듯한 감동이었다. 내가 미처 다 못 찾는 것일 뿐 '세상엔 선물이 넘치는구나!' 하는 감동! 감동에 빠져든 사이 몸도 가뿐, 마음도 홀가분, 눈 깜짝할 사이에 나는 새로워지고 있었다.

그러고 보니 우리에게 친숙한 이야기가 하나 떠오른다. 어떤 노인이 아들 삼형제에게 밭에 보물을 묻어놓았다고 유언을 남겨 아들들에게 땅 가는 재미(땀 흘려 일하는 맛)를 알게 했다는 옛날 이야기 말이다. 만약 노인이 아들들에게 땅을 유산으로 남긴다고 곧이곧대로 말했다면 당장 팔아서 돈으로 바꾸고 말았을지 모른다. 하지만 보물이라는 미끼가 있었기에 땅을 맨몸으로 만나는 가운데 아버지가 남긴 진짜 유산을 발견할 수 있었을 것이다.

어쩌면 하느님도 고사리며 산더덕 같은 나물을 미끼로 사람들을 산으로 불러들이시는 게 아닐까? 입산을 통해 받게 되는 다함없는 은총을 그렇게 느끼게 하시려는 게 아닐까? 우리네 삶 또한 나물 찾아 두리번거리다가 한없이 막막하기만 하던 산 하나를 뚝딱 넘어가는 것과 비슷하게 펼쳐지는 건 아닐까?

고사리를 끊고 돌아오는 길 내내 이런저런 생각에 가슴이 벅차올랐다. 그래서인지 돌아오는 길은 갈 때보다 수월했고, 냇가에서 다슬기를 잡으며 땀을 식히는 여유도 가질 수 있었다.

마침내 산을 빠져 나와 길가에 다다르자 할머니는 다시 작아졌다. 산에서는 다람쥐를 능가하는 속도로 여기저기 누비더니만 이제는 자꾸 쉬었다 가자신다. 쉬는 참에 내 나물 치마를 슬쩍 넘겨보더니 할머니 치마 속에 든 것을 수북이 내어주신다.

"됐어요. 저도 많아요"

"아따, 받어. 나는 집에도 많이 있어. 다 뭐할 거여. 노놔 먹어야제. 암시랑토 말고 가서 해 묵어. 삶아서 물에 우렸다가 된장국 끓여 먹어도 맛나."

그러면서 냇가에서 잡은 다슬기까지 다 내 품에 안겨주셨다. 애 둘 딸린 무거운 몸에게 고급 정보를 공개해 주신 것만도 고마운데 한 보따리 고사리에 한 움큼 다슬기 선물까지…… 한평 할머니 넉넉한 마음 앞에서 가슴 뻐근함을 느끼는 사이, 할머니가 은근슬쩍 제안하셨다.

"하루 쉬었다가 모레 깨침(고비) 끊으러 가자고. 고사리보다 깨침이 최 맛나. 깨침은 한 곳에 우북하니 있어서 얼매나 오지다고."

"네? 네……"

이렇게 하여 나는 또 걸려들고 말았다. 그 길엔 또 어떤 고생이 기다리고 있을까 생각하면 두렵기도 하지만 눈 질끈 감고 따라나서야지. 진짜 선물은 고생 너머에 있지 않던가?

소리실 할머니 손은 약손?

지난해 가을이었다. 가을걷이가 막바지에 달해 들판이 휑하니 비어갈 무렵, 30대 초반 정도로 보이는 젊은 남자가 마을에 나타났다. 창백할 정도로 하얀 얼굴에 섬뜩한 푸른빛까지 감도는 게 그리 인상이 좋은 편은 못 되었다. 하지만 넉살이 어찌나 좋은지 슬그머니 다가와서 나에게 말을 붙였다.

"아따, 이 동네에 젊은 사람이 다 있네요. 살 만해요? 저는 저 끝집 아들내민디 서울에 살다가 십 년 만에 왔어라. 오랜만에 왔드만 이 동네도 많이 달라졌네요."

그러면서 사투리와 표준어가 묘하게 섞인 말씨로 옛날 이야기를 하나둘 풀어놓기 시작했다. 부모님의 이혼으로 네 살 때 할머니 집에 맡겨진 이야기, 마을 초입에 있는 선돌을 도굴꾼들이

훔쳐갔을 때 우여곡절 끝에 다시 찾아온 이야기, 냇가 옆 오래된 팽나무 가까이에서 한밤중에 도깨비불을 여러 번 봤다는 이야기…… 마을의 옛 모습을 기억하고 있는 이에게서 듣는 옛날 이야기는 무척이나 흥미로웠다. 머나먼 과거에서 타임머신을 타고 온 사람과 신비의 숲을 거니는 느낌이랄까?

특히나 소리실 할머니에 대한 이야기는 충격적일 정도로 놀라웠다.

"산중에 살면 애기들 아플 때 병원도 못 가고 어쩌요? 나 여그 살 때는 아프면 무조건 소리떡(소리실댁)을 불렀어요. 소리떡이 쌀 한 주먹 들고 와서 이마를 살살 문질러주면 열이 펄펄 끓다가도 금세 나았어라. 이 동네 아그들은 다 그렇게 컸지라."

"소리떡이라면 앞 못 보시는 할머니 맞죠? 할머니께 그런 능력이 있었어요?"

"요새도 옛날처럼 병을 나수는가는 모르겠어요. 그래도 급한 일 있을 때 소리떡 한번 불러봐요. 진짜 용해당께요."

그는 확신에 찬 어조로 말했다. 그러고는 며칠 뒤 바람처럼 마을을 떠났고, 나는 소리실 할머니에게 직접 그 사실을 확인하기로 했다.

"할머니, 옛날에 동네 아이들이 아프면 다 낫게 해주셨다면서요. 쌀로 이마를 문지르기만 하면 열이 내렸다는데 정말이에요?"

"엉? 뭔 소리여? 뭔 말인지 못 알아묵겄네."

몇 번이나 다시 여쭈었지만 똑같은 대답이었다. 진짜로 내 말을 못 알아들으시는 건지, 아니면 못 알아듣는 척하시는 건지, 그에 대해 아무런 말씀도 안 하셨다. 언젠가 소리실 어르신은 언제 돌아가셨냐고 질문을 했을 때도 똑같이 반응하셨던 걸 보면 말하기 곤란할 때는 못 들은 척하시는 것 같았다.(소리실 할머니는 정식으로 결혼한 적이 없다고 한다. 한 번은 후처 비슷하게 들어가 아들을 둘 낳았고, 또 한 번은 아들 낳아주면 곡식 준다고 해서 씨받이로 살러 갔다가 딸만 내리 둘 낳아 쫓겨나셨다는 것이다. 그러니 호적상으로는 아직도 미혼. 그런 사연이 있는 줄도 모르고 내가 눈치 없이 아픈 기억을 들추었으니 당황하셨을지도 모르겠다.)

마을의 다른 할머니들께 여쭈어도 마찬가지였다. 그냥 빙긋이 웃고 넘어갈 뿐 자세한 이야기를 해주는 분이 없었다. 단 한 사람, 한평 할머니만 빼고 말이다.

"진짜여. 우리 시엄니 아플 때도 소리떡을 불렀당께. 오믄 인자 쌀을 한 그릇 줘. 그럼 인자 뭐라고 얄라얄라 해가며 쌀을 막 뿌리고 이마에 문지르고 하데."

"그렇게 하면 정말 아픈 게 나았어요?"

"이~ 참말로 나았당께. 고맙다고 소리떡 밥 묵여주고 그랬제. 이마에 문질렀던 찹쌀도 가져가라고 주믄 소리떡이 갖고 가서 밥 해묵고 그랬어."

지금은 장애인 수급자로 달마다 엄청난(?) 수입이 있지만 옛날에는 밥 한 끼니도 제대로 먹기 어려운 형편이라 병 고쳐주고 밥 얻어먹고, 동냥젖 먹여주고 밥 얻어먹고, 그렇게 근근이 살아가셨던 게다.

엄마 젖이 안 나와서 굶어죽게 생긴 아기를 소리실 할머니 젖으로 여럿 살렸다는 얘기는 자주 들었는데, 마치 무녀와도 같이 치유의 능력까지 가지고 계셨을 줄이야! 아홉 살에 열병을 앓아 앞을 못 보게 되셨다는데, 그러면서 어떤 신비한 힘을 지니게 되신 것일까? 고통의 바다를 건너본 사람만이 다른 이들을 고통에서 구원하는 능력을 얻는 법. 한 예로 시각 장애인들이 지압이나 침술에 능한 경우도 많지 않은가.

"근데 요즘에는 아프면 다들 병원으로 가잖아요. 소리실 할머니도 보건소에서 주는 약 꼬박꼬박 챙겨드시는 것 같던데, 언제부터 그랬어요?"

"몰러 나도. 교회 댕기면서부터 그랬나?"

그러고 보니 소리실 할머니가 독실한 개신교 신자라는 사실이 떠올랐다. 내가 마을에 이사 왔을 때부터 지금까지 예배에 빠지는 걸 한 번도 본 적이 없으니 말이다. 심지어 추운 겨울에도 수요 저녁 예배마저 빠지지 않으신다.

치유의 힘을 지닌 무녀가 독실한 종교인이 되다니! 이런 아이러니한 일이 있을까? 그러면서 현대인, 그리고 종교인의 관점에서 볼 때 불순하기 그지없는 초자연적 힘은 사그라지고 잊힌 것일까? 힘을 가진 사람 스스로 기억과 능력을 덮어버릴 만큼? 그 힘에 의지했던 사람들도 모든 사실을 은폐하고 싶어 할 만큼?

분명한 사실은 불과 몇십 년 전만 해도 우리가 미처 헤아리지 못하는 초자연적 세계가 우리 삶과 늘 공존하고 있었다는 것이다. 과학으로 다 설명할 수 없는 뜬구름 같은 신비담이 엄연히 일상의 한 부분이었고, 우리의 의식 속에서도 '그럴 수 있다'고 인정되었다. 하지만 언제부터인가 그 세계는 어둠의 저편으로 추방되었고, 우리는 그럴 수 있다는 가능성마저도 굳게 닫아버린 채 눈에 보이는 세계에서만 살아가고 있다. 눈에 보이는 것만이 전부라고 믿으며.

실은 얼마 전에 수봉 할머니한테서도 놀라운 얘길 들었다. 할머니가 외동으로 자라셨다는 얘길 듣고 그 옛날에도 외동이 있었다니 무슨 사연이라도 있는 건가 하고 여쭌 거였는데 뜻밖에 얘길 들은 것이다. 이야기의 생생함을 위해 할머니 입말로 들어보시라.

"나 우로도 오빠가 하나 있었단다. 얼굴이 흐커니(하얗게) 하도 이뻐서 길 가는 사람들이 멈춰 서서 달아보고 갔다 혀. 근디 뭔 영문인지 시 살(세 살) 먹음시로 갑자기 끙끙 앓어 누웠디야. 도대체 뭔 일인가 싶어 먼 데 사는 의원도 찾아가 보고 좋다는 약은 다 써봤는디 차도가 없더래. 그래서 인자 용하다는 무당집에 가서 물어봉께 집 앞 우물을 닦달(청소하고 정돈하는 것)하라고, 그라믄 가재가 한 마리 나올 텐디 그건 좋은 징조라드리야. 그런 다음엔 우물물로 밥도 하고 떡도 해서 지사(제사)를 지내면 아이가 살 것이라고 말이여.

그래가꼬 우리 엄니가 집이 와서 우물을 닦달했더니 과연 가재가 나오드라네. 아파서 꼼짝도 않던 아들이 언제 아팠는가 하고 벌떡 인나 뛰어다니고 말이여. 우리 엄니가 인자 살았는갑다 하고 우물물을 길어 밥 안치고 떡도 혀서 상을 다 차렸제. 다 해놓고 우리 할무니를 기다린 거여. 어른이 오시믄 같이 지사 지낼라고……"

"어머나 세상에! 그래서요?"

"근디 우리 할무니가 일을 늦게 마쳤는가베. 날이 깜깜한께 무

섬증이 나서 가다가 도로 와부렀어. 우리 엄니는 할무니 기다리다 잠들어삘고 말이여. 그래가꼬 지사를 안 지냈드만, 자고 인난께 우리 오빠가 다시 축 늘어져 가꼬 있드리야. 할무니가 오거나 말거나 우리 엄니가 지사를 지냈어야 하는디, 그랬으믄 우리 오빠가 살았을 건디."

할머니 말씀 속에는 제사만 지냈으면 오빠가 살았을 거라는 확신이 실려 있었다. 듣는 나 역시도 같은 마음이었다. 논리적으로 따져본다면 터무니없는 헛소리 같기도 하지만, 어쩐지 정말 그랬을 것만 같았다. 곰곰 들여다보면 세상일이란 게 말로 다 설명할 수 없고 머리로 이해할 수 없는 것투성이 아니던가. 더구나 사람이 죽고 살고 병 들고 낫는 문제는 더욱, 과학 너머 논리 너머와 잇닿아 있는 듯하다. 소리실 할머니 약손도 아마 그 너머에서 흘러들어 온 힘이 아니었을지……

아, 소리실 할머니 약손을 다시 만날 수는 없을까? 이성 너머엔 어둠뿐이라고, 보이는 것 안에서만 답을 찾으라고 강요당하는 이 시대에, 나는 소리실 할머니의 약손이 사무치게 그립다.

쌍지 할머니는 개를 사랑해

귀농을 하기 전까지만 하더라도 나는 내가 동물을 사랑하는 사람인 줄 알았다. 살아있는 동물보다는 동물 캐릭터에 익숙한데다 내가 가까이서 마주치는 동물이라 봤자 누군가가 키우는 애완 동물이거나 동물원의 동물들이 전부였으니까. 때문에 "동물을 사랑하자"는 구호 앞에서 한 번도 양심의 가책이라는 걸 느껴보지 못했다.

그런데! 귀농 이후 시골에 살면서 동물을 원수로 대하는 나를 발견하게 됐다. 삶 속에서 구체적으로 만나는 동물의 모습은 얄미운 약탈자, 그 이상도 이하도 아니었으니까.

예를 들자면 이런 식이다. 옥수수 따먹을 날만 고대하고 있는데 하룻밤 사이 너구리가 옥수수 밭을 초토화시켰다든가, 땅

콩 수확의 기쁨을 누리려는가 했더니 땅 밑에서 두더지가 선수를 쳤다든가, 벼꽃이 피었다고 좋아라 하는 사이 멧돼지가 내려와 논둑을 곤죽으로 만들고 벼를 다 헤집어놓는다든가…… 그러니 어찌 동물을 사랑할 수 있으리오. 눈에 쌍심지를 켜고 바라보지나 않으면 다행이지.

집에서 동물을 키워보면 좀 다르지 않느냐고? 해서, 나도 큰맘 먹고 개를 키워보기도 했는데 거리감은 여전했다. 한 식구로 정이 드니 예쁘기는 한데 안아달라고 달려드는 건 너무 싫었다. 만지면 진드기가 옮겨 붙을까 싶어서 제대로 쓰다듬어준 적도 없다. 개한테 주는 밥은 왜 그리도 아까운지 먹을 것을 넉넉하게 챙겨주지도 못했다. 그러니 신랑이 개를 팔아버리자 했을 때 아무 말도 할 수가 없었다.

이런 내가 정말이지 신기한 눈으로 바라보게 되는 이가 있으니 바로 쌍지 할머니다. 할머니는 무려 일곱 마리나 되는 개와 함께 사는데, 개를 그야말로 자식 돌보듯이 하신다. 삶은 고구마를 호호 불어 먹여주는가 하면 개 주려고 쑥떡도 하신다. 옥수수는 낟알을 훑어서 갈아서 죽 쒀서 주고, 밤도 삶아서 으깨서 먹이고, 심지어 할머니가 똥을 누면 사이좋게 먹으라고 개 일곱 마리에게 조금씩 떼어서 나누어주기까지 하신다.

이런 할머니를 보고 마을 사람들은 뒤에서 흉을 본다. 집이 개판이라는 둥, 그 집에 가면 구역질이 나온다는 둥, 그 집 개들은 주인을 닮아 사납다는 둥 말이다. 하지만 쌍지 할머니는 사람들이 뭐라 하건 묵묵히 일곱 마리 개들을 부양하는 일에 충실하다. 오늘만 해도 산에 가서 취랑 머위를 포대 자루로 한 가득 뜯어오셨다.

나물도 개 주려고 하느냐고? 물론이다. 할머니가 말씀하시길 머위나 취나물을 된장 조금 쌀 조금 넣고 푹 삶아서 주면 개들이 환장을 하고 먹는단다. 그러면 그 모습이 보기 좋아 다리가 아파도 또 나물을 하러 가신단다. 90도 각도로 꼬부라진 허리로 낡은 손수레를 끌고서 말이다.

나물만 하느냐, 나무도 한다. 개밥을 아침저녁으로 끓여주려면 땔감이 꽤 많이 들기 때문이다. 지난겨울에도 비탈진 산을 오르내리며 쓰러진 나무들을 모았다가 그걸 개미처럼 끈질기게 집까지 옮기셨다. 한 걸음 가서 쉬고 또 한 걸음 가서 쉬었다가 하시면서 말이다. 그 모습을 지켜보기가 안쓰러워, 그러다가 병나면 안 되니까 무리하지 마시라고 했더니 할머니가 말씀하셨다.

"이 산중에 살라믄 심 안 들이고 살 수 있간디? 목숨 붙어 있는 한 심 쓰고 살아야제."

그 얘길 듣고 나는 무척 부끄러웠다. 쌍지 할머니에 비하면 나는 훨씬 젊고 팔팔한 사람인데, 쌍지 할머니만큼 있는 힘껏 최선을 다해 살고 있지는 않은 것 같아서 말이다. 듬직한 신랑이 있다고 그 그늘에 기대어 힘 안 들이고 수월하게 살고 있는 건 아닌지……

당장 믿고 의지할 신랑이 없고, 딸린 자식들만 줄줄이 있다면 나 또한 할머니처럼 억척스러워졌을까? 어쩌면 할머니는 할머니만 바라보는 일곱 마리 개들이 있기에 나이를 잊고 일을 할 수 있는지도 모른다.

그런데 할머니가 당신 집 개들만 챙기시는가 하면 그렇지 않다. 한 번은 이런 일도 있었다. 동네 아저씨 한분이 어느 날 술에 취해서 소리실 할머니 댁 개를 때렸다. 자기가 지나가는데 개가 짖어댄다는 말도 안 되는 이유로 말이다. 그날 이후로 소리실 할머니네 개는 밥도 먹지 않고 개집 밖으로 나오지도 않았다. 안 그래도 눈물이 많은 소리실 할머니는 날마다 개집 앞에서 울었다.

보다 못한 쌍지 할머니가 개를 부둥켜안고 쓰다듬으며 돌봐주시다가 결국 "이 개 내가 사겠다"며 당신 집으로 데리고 가셨다. 가만두었다간 또 두들겨 맞을 것 같다면서 말이다.

아니나 다를까 며칠 뒤에 아저씨가 또 술을 드시고 와서 그

개를 손봐줘야겠다며 쌍지 할머니 집까지 쳐들어갔다. 멀리서 지켜보는 나로서는 정말 손발이 후들거리는 상황이었다. 할머니를 도와드리긴 해야 되는데 겁은 나지, 다울이 아빠라도 보내고 싶은데 이 사람은 어딜 갔는지 안 보이지, 여차하면 경찰에 신고라도 해야겠다 생각하고 상황을 주시하고 있었다.

바로 그때 쌍지 할머니의 처절한 목소리가 대문 밖으로 새어나왔다.

"때릴 거면 나를 때려. 왜 말 못하는 짐승을 괴롭혀? 뭔 잘못이 있다고…… 차라리 나를 때려!"

젖 먹던 힘까지 다 쥐어짜는 듯한 힘겨운 목소리로 할머니는 한참이나 울부짖었다. 그러자 아저씨도 더는 행패를 부리지 못하고 집으로 돌아갔다. 할머니가 목숨을 걸고 싸워서 개를 지켜낸 것이다.

그런 쌍지 할머니를 지켜보며 나는 알게 되었다. 동물을 지극히 사랑하는 건 사람을 지극히 사랑하는 것과 하나도 다를 바가 없다는 사실을. 그리고 동물이건 사람이건 진실로 사랑할 때 깊이를 잴 수 없는 힘과 용기가 나온다는 것을……

오늘도 쌍지 할머니는 "얘들아, 할머니 갔다 온다" 인사하고 길을 나선다. "할머니, 안 힘드세요?" 하고 여전히 걱정스레 바라보는 내 눈빛 앞에서 "그래도 목숨 붙었웅께 사람 노릇하는 것이제" 하며 빙긋이 웃으시면서……

그런 할머니의 뒷모습을 바라보며 난 생각했다. 아직까지 동물들이 사람을 참아주고 있다면 그건 쌍지 할머니 같은 분이 계시기 때문일 거라고.

수봉 할머니의 힘은
어디에서 나오는 걸까?

"호박 다 엥겼어?"

"아직요."

"깨는 숭궜어?"

"아마 안 심었을 걸요?"

"아따, 싸게싸게 숭구지 뭐하고 있어. 때 놓치면 우짤라고?"

요즘처럼 농사일이 바쁜 때에도 틈틈이 우리 집에 들러 농사 훈수를 두느라 더 바쁜 수봉 할머니. 나와 우리 신랑을 보면 시도 때도 없이 잔소리를 하신다. "제발 저희를 가만히 좀 내버려두세요!" 하고 소리치고 싶지만, 사실 고마울 때도 많다. 넋 놓고 있다가 타이밍을 놓치기 십상인데 할머니가 일깨워주시는 덕분에 그나마 때를 놓치지 않고 그 꼬리라도 잡고 따라갈 수 있으니까.

아마 농사짓는 흉내라도 내본 사람들은 알 것이다. 때에 맞춰 몸을 움직인다는 게 얼마나 어려운 일인지. 그건 달력 보고 날짜에 맞춰 일을 계획하고 움직이는 것과는 또 다르다. 감잎이 피어날 때 볍씨를 물에 담그고, 찔레꽃 향기 진동할 때 모내기를 하고, 자귀나무에 꽃이 필 때 팥을 심는 식으로 자연을 세심히 관찰하는 가운데 때를 살펴야 하기 때문이다. 결국 농사란 천지만물의 움직임에 눈과 귀를 환히 열고 온몸으로 기꺼이 함께 춤을 추는 것! 한마디로 자연과의 합주 속에서 리듬을 타고 박자를 맞추어야 된다는 건데, 이게 정말 쉽지가 않다.

그러니 언제나 한 발 먼저 나가 때를 기다리며 농사를 짓는 수봉 할머니가 내 눈에는 사람으로 안 보일 때가 많다. 어쩌면 그렇게 부지런할 수 있을까? 저렇게 연약한 몸으로, 어떻게 그 많은 논과 밭을 알뜰살뜰 돌보고 말끔하게 매만지는 것일까?

할머니가 농사짓는 땅을 돌아보면 정말이지 눈이 휘둥그레진다. 놀리는 땅 하나 없이 논둑에는 호박과 콩을 심고, 기어 올라갈 자리가 있는 곳마다 오이나 수세미, 동부 등을 심는다. 심지어 밭고랑마저도 상추나 열무를 심어 알뜰하게 쓰신다. 이른 봄이면 밭 가장자리 대나무를 베어 돼지감자 심는 자리를 넓히고, 집 뒤꼍이나 구석과 같은 자투리땅에도 어김없이 무언가를 심어 가꾸신다.

몸을 놀리지 않듯이 땅도 결코 놀리지 않는 것이다.

그뿐인가, 후미진 데 있는 산밭은 거의 대부분이 수봉 할머니네 밭이다. 올 때 갈 때 다리품도 많이 팔아야 하고, 수확물을 집까지 옮기는 것도 예삿일이 아닐 텐데 어떻게 농사를 지으시는지…… 올해는 다울이와 내가 자주 오르는 산 속의 꼭대기 밭에까지 고추를 3천 주 가까이 심으셨다.

지난봄, 마침 다울이와 산에 오르다가 할머니가 고추 이랑 만드는 모습을 멀리서 지켜볼 기회가 있었다. 새들이 지저귀는 가운데 괭이질 소리가 나지막하게 울려 퍼지고, 할머니는 천천히 한 줄씩 고랑을 그려나갔다. 고요히 숨을 내쉬는 것처럼, 한 땀씩 바느질을 하는 것처럼, 너무나 편안하고 가벼운 괭이질에 나는 마음이 숙연해졌다. 다울이도 뭔가 느끼는 게 있는지 연신 수봉 할머니네 밭을 내려다보더니 나에게 물었다.

"할머니 힘들겠다. 그치? 할머니는 어떻게 힘이 생겨?"

"힘은 쓰면 쓸수록 생기는 거야. 힘들다고 안 쓰면 힘이 없어져. 아마 다울이보다 엄마보다 수봉 할머니 힘이 더 셀걸?"

그렇게 얘기를 해놓고 나중에 생각해 보니 나도 정말 궁금해졌다. 수봉 할머니의 힘은 대체 어디서 나오는 것일까? 할머니께 직접 물었더니 이런 대답이 돌아왔다.

"나는 젊어서부터 일 무서운 건 몰러. 그러니 동네 할매들이 손이 야무지다고 다 나만 불러다 썼당께. 수봉 양반은 허구헌날 술 먹고 노름하고…… 긍께 일은 거진 내가 다 했제. 우리 막둥이를 업고 못자리 하고 보리 베고…… 밤으로는 베 짜서 노름 빚 갚고…… 워따, 차라리 지금은 호강이여. 옛날에 고생한 거 생각하믄 말도 못해."

결국 수봉 할머니의 힘도 등이 휠 것 같은 삶의 무게에서 나오는 거였나? 지금도 막내아들이 감당하지 못하고 떠맡긴 손주 둘을 키우느라 애 터지게 농사를 짓고 계시지 않나. 고추, 도라지, 콩, 팥, 땅콩, 돼지감자, 고구마 줄기 말린 것, 닥치는 대로 팔아 돈을 사서 그걸로 손주들 적금 들고 보험료 내고 하시면서 말이다.

하지만 나는 안다, 그게 전부는 아니라는 것을. 수봉 할머니는 농사일 자체를 즐기고 계시다는 것을. 자연의 리듬을 탈 줄 아는 사람만이 선보일 수 있는 매혹적인 춤사위라고나 할까? 할머니 몸짓에선 그게 나온다. 논둑을 매만지는 손길에서, 옥수수 밭에서 풀을 매는 뒷자락에서, 무언가 남다른 분위기가 드러난다. 농사일을 즐기는 사람에게서만 나오는 율동과 빛깔이 온몸으로 뿜어져 나온다. 할머니에게서 나오는, 장정보다 굳센 힘은 아마 거기에 뿌리를 박고 있을 것이다.

동티 할머니와 나 사이에 해바라기를

언젠가 농업 박물관에 갔다가 옛날 촌락의 모습을 인상 깊게 보았다. 대다수는 고만고만한 초가집이고 으리으리한 기와집은 단 한 채! 아마 기와로 지붕을 얹고 사는 부잣집에서 그 마을 땅도 가장 많이 차지하고 있었으리라.

우리 마을 사정도 비슷하다. 열 채 남짓한 집들이 대개 비슷한 모양과 규모를 하고 있는 데 비해 동티 할머니네 집만 유독 번듯하다. 기와를 올린 벽돌집에 집터도 가장 넓을 뿐 아니라 트랙터를 비롯한 각종 농기계까지 두루 갖추고 있으니까. 거기에다 문전옥답을 누리고 있는 것은 물론, 마을에서 가장 좋은 위치에 있는 노른자위 땅도 다 그 집 소유다.

마을 사람들 얘기에 따르면 동티 할아버지의 아버지 때부터 마을에서 제일가는 부잣집이었다는데, 그런 영향 때문인지 동티 할아버지와 할머니가 마을에 미치는 영향력은 상당하다. 마을회관을 주름 잡고 있는 것은 물론 마을의 빈집이나 땅을 소개, 알선하는 역할까지도 담당하고 계시니 말이다.

우리 가족 또한 이 마을로 이사 오는 과정에서 동티 할아버지 댁에 몇 번이나 인사를 드리며 마을 사정에 대해 묻기도 하는 등 여러 가지로 도움을 받았다. 할아버지와 할머니의 친절에 마냥 고마운 마음을 느끼면서 이웃이 되면 믿고 의지하며 지낼 수 있을 것 같은 기대에 부풀기도 했다.

그런데 막상 이웃이 되어보니 삶의 방식이 다른 데서 오는 거리감이 꽤 컸다. 단순히 농약을 치고 안 치고의 문제만이 아니라 농사를 바라보는 시선 자체가 너무나 달랐던 것이다. 그러니까 공룡 농부와 개미 농부의 차이라고 해야 할까? 그 집에서는 농사가 사업이라면 우리에겐 생계 수단이고, 그 집에서는 농사가 돈이라면 우리에겐 목숨, 뭐 그런 정도의 차이일 것이다.

공룡의 눈에는 개미가 눈에 보이지도 않는 미미한 존재겠지만, 사실 개미에겐 공룡이 주는 위압감이 상당하다. 트랙터가 지나가며 뿜어내는 소음과 매연, 그 집 축사에서 풍겨 나오는 오물 냄새, 호시탐탐 마을을 개발하려는 생각…… 그런 것들이 상당히 못마땅했다. 앞에서 말은 안 해도 이런 마음이 높은 담장이 되어 동티 할아버지와 할머니를 마음에서 멀어지게 했다.

게다가 동티 할머니에겐 너그러워 보이는 인상과 달리 매몰찬 면이 있다. 이사 와서 첫봄, 그 집 못자리를 도와주고 모를 얻어가라는 할머니의 제안을 거절했을 때 할머니 얼굴 표정이 차갑게 굳었다. 그러고는 그 집 논에서 물꼬를 터주지 않으면 우리 논엔 물을 못 댈 거라는 식으로 협박까지 하셨다.(그 일이 있기 전까지만 해도 동티 할머니를 인자한 분으로만 알고 있던 나는, 할머니의 또 다른 면모에 화들짝 놀랐다.)

그뿐인가. 태풍 볼라벤이 몰아쳤을 때 그 집 축사 지붕 구조물이 날아와 우리 집 지붕을 덮쳤건만 할머니는 하늘이 그런 것을 어쩔 거냐며 끝내 미안하다는 말은 한마디도 하지 않으셨다. 지붕 수리를 해야 하는데 면사무소에 찾아가 보라고만 하고 그 집에서는 어떤 책임도 지려 하지 않아 한참이나 실랑이를 하기도 했다. 그러니 감정이 좋을 리가 있나? 날마다 마주치는 이웃임에도 감정의 골은 점점 더 깊어질 수밖에.

그런데 뜻밖에 도움의 손길이 있었으니, 바로 우리 집 아이들! 동티 할아버지와 할머니를 어찌나 좋아하는지 뒤를 졸졸 따라다니며 그 집에 가서 놀다 오기도 하고, 마주칠 때마다 "안녕하세요!" 하고 고래고래 소리치며 얼마나 반갑게 인사를 하는지 모른다. 자주 마주치는 이웃이라는 이유만으로도 아이들은 그 존재 자체에 열광하는 걸까?

그 덕분에 굳게 닫혀 있던 철조망엔 어느새 꽃이 번지고 있다. 아이들이 인사를 하면 동티 할머니도 얼굴을 펴고 환히 웃으시고는 하니까. 그러면서 "뭐해? 밥 먹었어? 재미있게 놀아" 하고 따뜻하게 말도 건네주시고, 가끔은 우리 집 마당에 선뜻 들어와 키우고 있는 모종들을 살펴보며 잘 키웠다고 칭찬을 해주시기도 한다. 옥수수 철에 옥수수를 수확하면 아이들 먹으라고 갖다주기도 하고, 손주들이 입던 옷을 챙겨다주기도 하고, 할머니가 심고 남은 씨앗이나 모종이 있으면 심으라고 갖다주기도 하신다.

그러면서 자연스럽게 쌓인 감정이 누그러지고 서로를 바라보는 시선 또한 조금씩 순해지는 걸 느낀다. 전에는 서로가 서로를 향해 '왜 저렇게 살까?' 싶어 눈살을 찌푸리고 바라보았다면, 이제는 한편으로는 걱정스럽기도 하고, 다른 한편으로는 대단해 보이기도 하는 등 복잡미묘한 감정이 싹트고 있다고나 할까?

가까이서 지켜보면 동티 할머니는 많이 가졌다고 해서 더 누리고 사는 것도 아니고, 오히려 마을의 그 누구보다 힘들게 사시는 것 같다. 새벽부터 저녁까지, 이른 봄부터 겨울까지, 한숨 돌릴 틈도 없이 늘 일을 하고 계시니 말이다.

아무리 기계 힘을 빌려 일을 한다고 해도 농사일이란 게 사람 손을 타지 않을 수 없으니 그게 다 할머니 몫이다. 밭에 비닐을 씌우고, 씨앗을 심고, 고추모를 기르고, 모를 때우고, 틈틈이 풀약(제초제)을 치고…… 바깥 어르신은 기계 다루는 일 말고는 손을 대지 않으시기 때문에 할머니가 나서야 한다. 허리에 차는 작은 라디오를 동무삼아 밭에서 온 하루를 보내시는 것이다.

동티 할머니 쓸쓸한 뒷모습을 바라보고 있노라니, '제아무리 돈을 많이 준다고 해도 나라면 저런 노동 강도를 감당할 수 있을까?' 하는 생각이 들었다. 만약 나 같은 농부만 있다면 우리나라는 벌써 굶어죽었을 텐데 그나마 동티 할머니와 할아버지 같은 분이 고령의 나이에도 많은 농사를 감당하고 계시기에 이만큼 먹고사는 게 아니겠는가?

정말 그렇다. 농약이 나쁘고, 관행농이 땅을 망치고 있는 게 사실이지만, 그래도 그런 방식으로라도 땅을 지키고 있는 분들이 있기에 우리는 살아가고 있다. 그분들의 공로와 노고 자체를 무시할 수는 없다. 뙤약볕 아래서 땀을 뚝뚝 흘리며 고추를 따고, 새벽같이 일어나 소 밥을 주고…… 그런 일을 기꺼이 감당하시는 걸 욕심으로만 바라볼 수는 없다. 동티 할머니는 주어진 조건 안에서 그저 부지런히 살아오신 것일 뿐인지도 모른다.

다만 다른 데 눈 돌릴 틈 없이 열심히 일만 하다 보면 누구라도 마음의 여유를 잃게 될 수 있다. 그렇게 되면 이웃의 마음을 헤아린다든가 주변을 챙긴다든가 하는 힘이 약해지니까 알게 모르게 고립된 자리와 시선에 갇히기 쉽다. 그러다 보면 인색하고 이기적인 사람 소릴 듣게 되는 것이다.

이건 누구라도 쉽게 빠질 수 있는 함정이다. 동티 할머니가 나빠서가 아니라 여유 없이 살다보면 자연스레 그렇게 되는 것이다. 나 역시도 일에 치이다 보면 당장 아이들에게 상처 주는 말과 행동을 쉽사리 하게 되지 않던가.

그렇게 생각하니 동티 할머니를 이해 못할 까닭도 없을 성싶었다. 다르면 얼마나 다른가? 다르다는 이유로 제치고 멀리할 게 아니라 자꾸 마주쳐서 서로의 삶을 다른 눈으로 바라보게 될 때, 그때 뭔가 새로운 세상을 만나게 되지 않을까?

가만히 지켜보면 사람의 손길이 닿지 않은 숲에는 밤나무, 참나무, 소나무 따위 여러 나무들이 어우러져 함께 살아가는 것을 볼 수 있다. 자연은 모두 다 받아들인다. 절대 내 것만 고집하지 않는다. 자연이 좋아서 가깝게 지내려 한다면 내가 먼저 자연을 닮아가야 하는 게 아닐는지⋯⋯

그런 의미에서 나는 동티 할머니 집 들어가는 길목과 우리 집 텃밭 사이 경계에 해바라기를 심었다. 해바라기가 시멘트 담장의 삭막함을 누그러뜨리고 아름다운 울타리가 되어주기를 바라면서.

언젠가 해바라기 꽃이 고개 들고 활짝 피어나는 날, 우리 사이에도 쨍하고 빛이 들어오겠지?! 그런 바람을 갖고 해바라기 자라는 걸 잘 들여다보련다. 때때로 우리 집에 맛난 게 있으면 해바라기 사이로 지나가 기꺼이 나누면서……

동래 할머니의 오매불망 꽃 사랑

내가 처음 이 마을로 집을 보러 왔을 때, 지금 우리 집보다 훨씬 탐나던 집이 있었다. 그 집은 오래된 돌담이 빙 둘러져 있는데다 뼈대가 튼튼해 보이는 흙집이라 딱 내 취향이었다. 게다가 여러 가지 꽃나무가 자리한 앞마당과 정돈된 뒤뜰까지! 오랫동안 내가 꿈에 그려온 집이 바로 거기 있었다.

그때까지만 해도 마을 사정에 눈이 어두웠던 나는 그 집이 관리가 잘된 빈 집인 줄만 알고 혹시 저 집은 안 파나 여러 번 흘깃거렸다. 사람이 살고 있는 집이라고 하기엔 너무나 적막했고, 또 집의 일부는 허물어져 있었기에 내 마음대로 빈 집이라 단정 지었던 것이다.

하지만 알고 보니 그 집엔 할머니 한 분이 살고 계셨다. 마을에서 가장 나이가 많은 동래 할머니. 할머니는 아흔이 넘은 나이에도 소리 없이 조용히 움직이시며 집 안팎을 살뜰히 돌보고 계셨다. 기역자로 구부러진 허리로, 분신과도 같은 지팡이를 짚고서.

때문에 그 집 마당과 대문 앞은 언제나 훤하다. 가까이 사는 깔끔쟁이 수봉 할머니도 혀를 내두를 정도다.

"워메, 저 살푼 잔 봐. 아흔 넘은 노인이 저걸 쓸었다고 하면 누가 믿겠어? 집이는 저것 잔 보고 배워."

수봉 할머니는 은근슬쩍 나를 타박하시기까지 했다. 하기사, 동래 할머니 집에 비하면 우리 집은 얼마나 어수선한가. 시멘트 마당 틈틈이 비쭉비쭉 솟아나온 잡풀들, 관리가 안 되고 방치된 화분과 마당에 카펫처럼 수북이 깔린 나무 부스러기까지……

마을 사람들이 뒤에서 흉을 보는 것을 뻔히 알면서도 나는 마당을 어떻게 해야겠다는 생각을 거의 안 하고 살았다. 도시에 살 때 마당이란 공간을 경험해 본 적이 없어서일까? 나에겐 마당을 쓴다는 행위 자체가 낯설기만 해서 도무지 내 할 일로 다가오지 않는다.

꽃나무에 들이는 정성과 관심 또한 마찬가지다. 꽃나무가 드리우는 그늘이 밭작물을 해칠까봐 지금 있는 꽃나무를 베어버릴까 고민을 한 적도 있다. 꽃은 당장 입으로 들어와 배를 불리는 게 아니다 보니, 먹을거리를 가꾸는 것만큼 마음이 쓰이지 않는 것이다.

하지만 동래 할머니를 지켜보며 내가 너무 팍팍하게 살고 있다는 생각이 들었다. 꽃나무가 안중에 없는 삶은 마치 시詩가 없는 일상 같은 것은 아닐지…… 먹고살기 위한 몸부림에 묻혀 삶의 본질이 아름다움임을 놓치고 마는 것과 같이……

동래 할머니는 어쩌다 우리 집에 오시면 꽃나무만 쳐다보고 꽃나무 얘기만 하다가 돌아가신다.

"목련꽃이 좋게 피었어. 이 집 목련나무랑 우리 집 목련나무를 한 날 심었는디 말이여. 수완떡(우리 집의 옛 주인)이랑 장에 가서 같이 사왔는디 우리 집 나무는 한 번 베내서 이 집이 목련만큼 못 컸어. 꽃이 참 좋네."

"꽃(불두화)이 이쁘게 피었네. 꽃이 참 좋아. 꺾어다가 우리 터에 심어놔야겠어. 이 집 나무도 사둔 집이서 꺾어다 심었는디 이라고 잘 자랐어. 나도 심어야지 심어야지 하다가 못 심었네."

나직한 목소리로 독백처럼, 아니 꽃나무와 단둘이 나누는 사랑의 대화처럼 주절거리시는 것이다. 심지어 태풍 볼라벤 때 우리 집 지붕이 뚫리고 날아가고 하여 정신이 하나도 없는 와중에도 할머니는 몇 번이나 찾아와서 당부하셨다.

"저 꽃나무(작약) 좀 삽으로 캐줄 수 있을까? 이 집 꽃이 많이 번져서 참 좋아. 수완떡이 살 때부터 캐다 숭굴라고 몇 번이나 했는디 삽질을 못해서 못 캤어."

이 정도로 동래 할머니 머릿속은 꽃나무 생각으로 가득 차 있다. 그야말로 오매불망 꽃나무!

그런데 얼마 전에 큰 사고가 있었다. 동래 할머니가 뒤뜰 화단에서 풀을 뽑다가 아래로 굴러 떨어지신 거다. 때문에 얼굴 여기저기에 피멍이 들고, 며칠 동안 잘 걷지도 못할 정도로 크게 다치셨다. 그럼에도 몸이 좀 나아지자 호미를 들고 화단으로 나서는 것을 보고 앞집 사는 광덕 할머니가 화가 단단히 나셨다.

"또 뭐 할라고! 풀 매다 자빠져서 골로 갈라고? 그깟 꽃이 뭐라고 지극정성이래. 꽃 옆에 있으믄 더 쪼그라져 보이는구만. 쓰잘데기 없는 짓 해서 자석들 걱정시키지 말고 언능 방에 들어가. 아들한테 전화해서 다 일러불랑께."

"암 말도 말어. 내가 알아서 할랑께."

동래 할머니는 광덕 할머니가 한사코 말려도 잠깐의 주저함도 없이 화단으로 가신다. 꼬부랑꼬부랑 천천히 천천히…… 허리 숙여 풀을 매는 모습이 슬로 비디오의 한 장면 같다.

저렇게 풀 매고 난 뒤에 하염없이 꽃을 바라보며 온종일 우두커니 앉아 계시겠지? 가끔씩 아들딸 목소리가 듣고 싶으면 전화기도 만지작거리다가 다시 또 꽃을 쳐다보면서 남은 세월을 다 보내시겠지? 산불 때문에 저세상으로 간 할아버지 생각도 하고, 공사장에서 사고로 죽은 막내아들도 떠올려보고, 허물어져가는 집 걱정도 하시면서……

아흔이 넘은 나이에도 꽃과 함께 살아가는 동래 할머니를 바라보며 꽃이 주는 위안이 얼마나 큰지 생각했다. 또한 나이가 많아 몸이 시든다고 해서 마음까지 함께 시드는 것은 아니라는 것을, 오히려 나이 들수록 아름다움을 사랑하는 마음은 더 절실해지고 또렷해진다는 것을 느꼈다.

나도 동래 할머니처럼 저물도록 꽃과 친구 될 수 있기를, 그리하여 삶은 아름다움이라고 주저 없이 읊조릴 수 있기를!

노년의 고갯길도 화끈하게, 광덕 할머니

시골 마을은 멀리서 보면 한없이 한가롭고 평화로워 보인다. 모르는 사람이 보면 이런 곳에 사는 사람들은 오순도순 정답게 지내기만 할 것 같다고 말하기도 한다. 그런데 실상은?

할머니들 캐릭터도 무척이나 다양하고 개성 있을 뿐 아니라, 할머니들 사이에 사사로운 다툼도 잦다. 오늘은 이쪽에서 우당탕탕, 다음날은 저쪽에서 쩌렁쩌렁…… 제삼자의 눈으로 볼 때는 아무것도 아닌 일인데 삐치고 싸우고 울고 화내는 등 나름 시끌벅적한 나날이 펼쳐진다.

한번은 좀처럼 다른 사람 험담을 하지 않는 쌍지 할머니가 나를 찾아와 하소연처럼 속엣말을 하셨다.

"광덕땍은 이짝서 오래 살던 사람이 아니라 광주서 노가다 일을 하다 온 사람이여. 말하자면 굴러온 돌인디 지가 주인 행세를 하려고 들어. 백힌 돌을 뽑아낼라고 말이여. 내가 다른 할매들처럼 지 맘대로 안 되니께 나를 휘어잡으려고 하는디 내가 휘간디? 택도 없단 말이여."

사정을 자세히 듣고 보니 쌍지 할머니와 광덕 할머니가 크게 다투셨다고 한다. 마을회관에 쌀이 떨어져서 돈을 만 원씩 걷어 쌀을 사기로 했는데, 소리실 할머니가 정신이 없어서 돈을 두 번 내셨던 모양이다. 그런데도 광덕 할머니가 돈을 두 번 다 받자 쌍지 할머니가 한 소리를 하셨단다. 그리하여 광덕 할머니는 한 번밖에 안 받았다고 하고, 쌍지 할머니는 두 번 받았으면서 무슨 소리냐고 하고, 옥신각신 다투게 되신 것이다.

쌍지 할머니 쪽 말만 들어서는 일의 진상을 확인할 수 없지만, 광덕 할머니와 쌍지 할머니 사이 기 싸움이 벌어졌다는 걸 예상할 수 있었다. 광덕 할머니 성격이 워낙 불같기 때문에 다른 할머니들은 어지간해서 광덕 할머니를 건드리지 않는데, 쌍지 할머니는 참지 못하고 종종 충돌을 하는 것이다. 그래봤자 쌍지 할머니의 완패가 되고 말 게 분명한데도 말이다.

그러니까 광덕 할머니로 말할 것 같으며 나이가 여든이나 됐다고 하면 믿기지 않을 정도로 기가 팔팔해 보이는 분이다. 워낙 목소리도 크고 몸매도 건장하셔서 남자로 태어났으면 장군감 소리 들었겠다 싶을 정도다. 오죽하면 뒷집 아저씨가 키우던 성질 사나운 사냥개도 광덕 할머니 앞에서는 꼬리를 내리고 깨갱 하고 말았을까? 왜 저 개가 광덕 할머니 앞에서만 순해지는지 궁금해하던 나에게 할머니는 천진한 웃음을 띠며 대답하셨다.

"하도 짖어쌌길래 신발짝을 냅다 던져서 맞춰부렀어. '너 죽고 싶어서 환장했냐? 콱 불에 꼬실려서 잡아먹어 불랑게' 함시롱. 그랬더니만 나만 보면 살살 기대. 혜혜."

내 경우엔 사냥개가 무서워서 그 앞으로 지나가지도 못하고 피해 다녔는데, 할머니는 그 기세로 성질 사나운 개까지 제압하신 것이다. 그래놓고 개구쟁이 소년처럼 웃으시는 게 한편으로는 귀엽게 느껴지기까지 했다. 정말이지 특이해도 너무 특이한 캐릭터!

패션 감각 또한 남다르신 까닭에 시퍼런 물방울 무늬 몸뻬 바지에 꽃무늬 조끼를 입고 머리에 머리띠까지 하고 다니시는 날도 있다. 얼마 전에는 손톱에 봉숭아 꽃물을 들이고 나타나 다랑이 앞에서 "할머니 이삐지?" 하면서 자랑을 하시기도 했다.

그러니까 광덕 할머니는 원체 타고난 성품이 특별한 게다. 성격이 강하니까 당연히 다른 사람한테 이래라 저래라 간섭이나 참

견도 많으시고, 하고 싶은 말을 다 뱉어내고 사시는 거다. 듣는 사람이 이럴까 저럴까 전혀 생각하지 않고 느끼는 대로 화끈하게!

그러다 보니 마을에 다툼이 있다 하면 광덕 할머니가 연루되기 십상이다. 얼마 전에 마을회관에서 일어난 국그릇 사건에서도 원인 제공자는 광덕 할머니였다. 그러니까 한평 할머니가 밥 차리는 건 안 도와주고 가만히 앉아 먹을 생각만 한다고 밥상 앞에서 쉬지 않고 잔소리를 해대신 것이다. 결국 한평 할머니는 먹던 국그릇을 뒤집어엎고 마을회관을 뛰쳐나오셨고, 쫓아 나온 광덕 할머니와 우리 집 담벼락 앞에서 한참 동안 말싸움을 하셨다. 워낙 격한 소리가 오고 가기에 이러다가 두 분 할머니가 원수 되겠구나 할 정도로 무시무시한 싸움이었다.

그런데 웬걸, 다음날 두 분이서 다정하게 밭에 가시는 거다. 이게 어떻게 된 일인가 싶어 한평 할머니한테 물었더니, 광덕 할머니가 새벽같이 찾아와서 미안하다고 사과를 하기에 받아주셨다는 것. 그러니까 광덕 할머니는 앞에서 모진 말은 해도 악의는 없고 뒤끝도 없는 분임이 분명하다.

그나저나, 나이 여든에 어쩜 그렇게 기가 팔팔하신 걸까? 지금도 이렇게 불처럼 활활 타오르는데 젊어서는 도대체 어땠을까? 광덕 할머니께 직접 물으면 고개를 절레절레 흔들며 이렇게 말씀하신다.

"말도 말어. 나나 되니께 그 시상을 살았제 놈(남)은 살도 못해. 할아부지가 한량이라 일은 안 하고 평생 놀아. 내가 노가다 일을 25년을 해서 자석들 칠남매 먹이고 갈치고…… 여그 이사 들어와서도 겨울에는 대전으로 식모살이 나갔당게. 막내 대학 갈칠라고. 이 악물고 바락바락 살았응께 이 정도가 됐제 안 그러면 살도 못했어."

그렇다. 광덕 할머니나 되니까 그 모진 세월을 견뎌오신 거다. 아무리 체력이 좋다 하여도 여자 몸으로 공사장 막일을 하기가 쉽지 않았을 텐데 그 세월을 어떻게 버티셨는지…… 게다가 나이 오십이 넘어 이 산중으로 들어와 농사일을 시작하셨단다. 몸에 익지 않은 농사일에 적응하는 게 만만치 않았을 텐데 겨울엔 도시로 나가 식모살이까지! 세상에, 어쩌면 그렇게 바락바락 살아갈 수가 있는지……

그래도 그렇게 모진 고생을 다 하며 자식들을 키워냈더니 보람이 있다고 하신다. 자식들이 엄마 힘든 걸 보고 자라서인지 엇나가지 않고 자기 앞가림하며 살고 있다는 것. 게다가 엄마 생각을 끔찍이 한다며 입만 열었다 하면 아들 자랑에 침이 마르신다. 실제로 할머니가 조금이라도 아프다 소리를 하면 자식들이 득달

같이 달려오는 걸 나도 여러 번 목격하기도 했다.

광덕 할머니도 아프실 때가 있냐고? 그러게 말이다. 생전 감기 몇 번 앓아본 적이 없다는 분이 요즘엔 안 아픈 데가 없다고 하소연을 하시고는 한다. 지난겨울에 허리 수술을 하신 뒤로 다리도 아프고, 허리도 아프고, 감기도 자주 걸리고…… 하여간 몸이 예전 같지 않으신가 보다.

때문에 고사리 끊으러 다니는 다른 할머니들을 보며 "나는 이제 고사리는 졸업을 했으니께" 하시며 허탈한 표정을 지으시기도 하고, "농사를 줄이기는 줄여야 할 텐데" 하며 한숨을 내쉬시기도 한다. 그럼에도 아직까지는 네 발로 기어서라도 욕심껏 농사를 지으시지만 말이다.

그런 광덕 할머니를 보며 거침없는 성격과 불같은 성질도 세월이 흐르는 것은 막을 수 없다는 사실을 배운다. 좋든 싫든 가진 것을 다 내려놓아야 하는 인생길의 막바지 고개에서 할머니는 얼마나 힘이 들까? 이제껏 내려놓지 않고 움켜쥐는 힘으로 살아왔는데, 없이 사는 설움이나 힘겨움도 있는 힘껏 소리치며 이겨왔는데, 이제는 다른 방식으로 고개를 넘어가야 하지 않나. 그럼에도 할머니는 마지막까지 씩씩하게 소리치면서 의연하게 노년의 고갯길을 헤쳐나가실 거다. 광덕 할머니니까. 화끈하니까.

누워서도 열매 맺는 나무처럼,
도란 할머니

지난 장날, 유명 방송사 봉사단 주최로 우리 면에서 경로 잔치가 열렸다. 유명 트로트 가수들이 대거 출연하고, 양·한방 의료진이 무료 검진과 치료를 해준단다. 그뿐만 아니라 커플 사진 촬영과 웨딩 마치 이벤트에 경품 추첨까지! 별다를 거 없는 밋밋한 일상을 사는 할머니들에게 와서 신나게 놀아보라며 청량 음료 같이 톡 쏘는 유혹을 했다.

대부분의 할머니들은 '얼씨구나!' 하고 잔치 구경을 갔다. 마을에서 최고로 바쁜 수봉 할머니도, 심심해 죽겠다는 말을 입에 달고 사는 한평 할머니도, 앞을 못 보는 소리실 할머니와 다리가 아파서 놀지도 못한다는 광덕 할머니까지 모두들 집을 나섰다. 밝고 화사한 옷을 입고서, 모처럼 얼굴에 화장품까지 찍어 바르고

서 말이다. 잔뜩 들뜬 할머니들 목소리가 소풍 가는 여학생들처럼 떠들썩하게 마을의 아침을 깨웠다.

그러다가 한 무리의 할머니들을 태운 택시가 마을을 빠져나가고, 마을은 순식간에 조용해졌다. 마을이 텅 빈 것 같다는 생각을 하며 마당을 정리하고 있는데, 지팡이 소리가 들렸다. 도란 할머니였다.

"할머니는 잔치 구경 안 가셨어요?"

"이…… 꼬라지로…… 어디를…… 간다요……?"

끊어질 듯 이어지며 힘겹게 흘러나오는 할머니 목소리. 도란 할머니 목소리를 들을라 치면 나도 모르게 온몸에 힘이 들어간다. 무슨 말씀을 하시는 건지 알아들으려고 내 딴에 애를 쓰는 건데, 그럼에도 잘 알아듣지 못할 때가 많다. 왼쪽 다리와 팔, 얼굴까지 몸의 반쪽이 오그라들고 불편하시기에 발음마저 어눌해지신 게다.(할머니가 막 태어났을 때, 딸이라고 서운해서 밖으로 휙 집어던졌는데 그때 이후로 평생 장애를 안고 살게 되셨단다. 정말이지 안타깝고 서글픈 사연이 아닐 수 없다.)

"그래도 가서 신나게 놀다 오시지."

도란 할머니는 대답 대신 입 꼬리를 살짝 올려 웃으시고는 다시 가던 길을 가셨다. 앞으로 푹 고꾸라질 것처럼 휘청거리며 지팡이에 의지한 몸을 힘겹게 옮기셨다.

도란 할머니는 수줍음이 많은 탓에 아직까지도 나를 어렵게 대하신다. 한참 어린 사람이니 편하게 대하셨으면 하는데, 언제나 존대를 하시고 우리 집 마당으로 선뜻 들어오시지도 않는다. 여쭙는 말에만 대답을 하고, 먼저 말을 거는 일도 없으시다.

처음엔 나에게 거리감이 있으신가 오해를 하기도 했지만 타고난 성격인 듯하다. 사실 나도 심하게 내성적인 성격인지라 할머니를 십분 이해한다. 다른 사람에 대한 흥미나 관심이 없는 것이 아니라 단지 적극적으로 다가서는 일에 서툴 뿐이라는 것을 말이다.

놀라운 것은 그와 같이 소극적이고 내성적인 성격의 소유자가 그 누구보다 폭넓은 인간 관계를 유지하고 있다는 사실이다. 도란 할머니는 성격이 쾌활하거나 명랑한 것도 아니고 말주변이 좋은 것은 더더욱 아니건만, 치우치지 않고 여러 사람과 두루두루 잘 지내신다.

때문에 도란 할머니 집은 우리 마을에서 사랑방 구실을 톡톡히 하고 있다. 비 오는 날이면 여럿이 모여 지짐도 부쳐 먹고, 할머니네 툇마루에 앉아 작은 꽃밭을 바라보며 우두커니 있기도 하고 말이다. 나 역시도 누구 집에 편하게 들어가는 성격이 아님에도 할머니 집 댓돌 위에 신발이 옹기종이 모여 있는 것을 보면 은근슬쩍 발길이 간다.

가서 보면 집 안이 먼지 하나 없이 깔끔하다. 불편한 몸으로 어떻게 이렇게 반짝반짝하게 집을 돌보시는 걸까? 요양보호사 아주머니가 와서 하루에 한두 시간씩 살림살이를 돌봐주신다고는 하지만, 그것만이 아니라 원체 타고난 성품이 정갈하신 듯하다.

언젠가 할머니가 빨래를 널고 계시는 모습을 지켜볼 기회가 있었는데, 빨래를 만지는 손길부터도 나와 달랐다. 기우뚱거리는 힘든 몸으로도 빨래가 반듯반듯하게 될 때까지 몇 번이나 매만지셨다. 그걸 보며 할머니가 결코 허술하거나 서툰 분이 아님을 느꼈다. 그동안 '몸이 불편하니까 제대로 하실 수 있는 게 없을 거야'라고 너무도 당연하게 생각했는데, 그게 그렇게 함부로 생각할 게 아니었다.

하기사, 도란 할머니는 누군가의 어머니이지 않나? 몸이 많이 불편하면 평생 누군가의 보살핌을 받으며 살아야 할 것 같지만, 할머니는 자식을 넷이나 낳아 키우셨다. 자식을 둘 낳아 키우면서도 힘에 겨워할 때가 많은 나로서는 할머니가 지나온 세월이 까마득하기만 하다. 대체 어떻게 먹이고 어떻게 돌보셨을까? 전해 듣기로는 할아버지가 술을 좋아해서 일은 안 하고 술만 드셨다는

데, 그걸 지켜보는 마음은 또 얼마나 힘들었을까?

도란 할머니 삶을 거슬러 들여다보다가 문득 지난 태풍에 쓰러진 벚나무가 떠올랐다. 나무는 뿌리가 반쯤 뽑힌 채 누워 있었지만 봄에는 분홍 꽃을 활짝 피워냈고, 꽃이 진 자리에 먹음직스런 버찌까지 매달았다. 정말이지 쓰러져 누워 있다고 해서 함부로 볼 게 아니었다. 몸이 불편하다고 해서 도란 할머니가 무력한 사람이 아닌 것처럼 말이다.

이 세상엔 우리가 함부로 봐서는 안 되는 게 참 많다. 생명은 그 어떤 상황에서든 제 몫을 힘껏(!!) 살아낸다.

돌

할머니는 약을 알고 있다

올해 들어 다울이가 자주 아프다. 무리해서 놀거나 먼 나들이를 다녀오거나 하면 어김없이 몸살을 앓는다. 봄에는 기침이 떨어지지 않아서 한 달 넘게 고생을 했고 그 뒤로도 배탈에 감기에 줄줄이 사탕처럼 탈이 나니 나는 줄곧 긴장을 늦출 수가 없었다. 아픈 아이와 함께 아픔을 겪어내는 일은 오롯이 엄마인 내 몫이기 때문이다.

아이의 손발과 온몸 구석구석을 주물러주고 발 목욕을 시켜서 땀을 흘리게 하고 따뜻한 차와 죽염을 수시로 먹이고, 안 되겠다 싶으면 손을 따거나 침을 놓거나 뜸을 뜨기도 하고…… 병원이 멀기도 하거니와 애당초 병원에 기댈 생각일랑 없는지라, 그동안 쌓인 임상 경험을 바탕으로 밤낮없이 아이와 함께 씨름을 한다. 그렇게 하루 이틀, 길면 사흘 정도를 보대끼면 다울이는 몸속 대청소를 무사히 잘 마치고 다시 씩씩한 아이로 돌아가곤 했다.

그런데 말이다, 얼마 전에 내 임상 경험에 없는 새로운 증상이 출현하여 나를 패닉 상태에 빠뜨렸다. 그러니까 화순 나들이를 다녀온 다음날 아침이었는데, 아침밥으로 삶은 감자를 먹던 다울이가 갑자기 울상을 짓는 것이다.

"감자 먹으니까 입이 아파."

처음엔 감자의 아린 맛 때문인가 해서 밥을 주었더니 그래도 아프단다. 뭔가 이상해서 다울이 입 안을 들여다봤더니 입병이 났는지 양쪽 볼 안쪽에 하얀 게 잔뜩 나 있었다. 피곤해서 그런 것이니 하루 이틀 푹 쉬면 괜찮아지겠지 하고 대수롭지 않게 생각했는데 아이 상태는 점점 심각해졌다.

죽을 끓여줘도 한 숟갈도 채 넘기질 못하고, 급기야 물을 먹어도 아프다며 소리를 지르는 게 아닌가? 입맛은 살아있는데 입이 아파서 못 먹는 괴로움! 얼마나 괴로웠으면 밥상 앞에서 다울이는 대성통곡을 하며 울고 말았다. "나도 밥 먹고 싶어!!!" 이러면서 말이다.

그런 다울이를 앞에 두고 밥이 목구멍으로 넘어갈 리가 있나? 시간이 해결해 줄 거라며 느긋하게 바라볼 문제가 아니라는 사실을 깨닫고 방법을 찾아 나섰다. 꿀은 물론이요 프로폴리스가 좋다고 하여 발라주기도 하고, 어떤 책에 보니 달개비를 갈아서 불에 달여 염증 부위에 붙이면 약이 된다고 해서 그것도 해봤다. 약을 바를 때마다 다울이가 울고불고 난리를 치는 통에 진땀을 빼야 했지만 바른 뒤에 낫기만 한다면야!

하지만 크게 차도가 보이지 않아서 어찌할 바 모르고 있었는데 바로 그때, 수봉 할머니가 찾아오셨다.

"다울이가 얼굴이 쑥 빠졌네. 어디 아프다냐?"

"입병이 심하게 나서 아무것도 못 먹고 있어요. 배는 고픈데 뭘 먹을 수가 없으니까 얼마나 짜증을 내는지…… 다울이 무서워서 밥도 숨어서 먹는다니까요."

"오메! 진작 알았으믄 유부자 좀 갖다줄 건디. 입병 났을 때는 유부자가 제일이여. 병원서 준 약은 세 벌을 먹어도 안 듣는디 유부자 끓인 물을 머금고 있응께 금방 낫드랑께."

수봉 할머니의 말에 눈이 번쩍 뜨였다.

"유부자요? 그게 뭔데요?"

"옻나무 비슷하게 생긴 나무에 열린 거 있어. 안에 나비가 들었는디 그게 약이라드만. 어떤 아줌마가 약으로 쓴다고 부탁하길래 쪄서 말려놨었는디, 그 아줌마 다 쪄부렀는가 남겨놨는가 모르겠네. 내가 가서 찾아볼 텡께 기달려봐."

잠시 후 수봉 할머니는 신문지에 돌돌 말은 유부자를 가지고 나타나셨다. 이게 정말 약이 될까 의심 반 기대 반이었지만 그래도 할머니 말대로 물에 넣고 끓여서 그 물을 오랫동안 머금고 있게 했더니 놀랍게도 단방에 효과가 나타났다. 정말이지 이렇게 신기할 수가! 도대체 유부자가 뭐길래?

다울이 아빠는 유부자의 정체를 확인하고자 직접 나뭇가지 하나를 꺾어와서 수봉 할머니에게 보이더니 유부자는 아무래도 붉나무에 달리는 오배자 같다고 했다.

오배자라면 붉나무에 기생하는 벌레가 잎에 낳은 알집! 천연 염색 재료라고 어디선가 주워들은 기억은 있는데 이게 다울이를 구하는 약이 될 줄이야. 실제로 오배자에 대한 정보를 찾아보니 항균 작용이 뛰어나 구내염 치료제로도 쓰인다고 하는 것을 보면 유부자는 오배자가 틀림없다.

아무튼 수봉 할머니가 가져다주신 오배자 한 움큼 덕분에 입병 대소동은 일단락되었다. 입도 잘 못 벌리던 다울이는 다음날부터 입을 점점 더 크게 벌릴 수 있게 되었고 이것저것 먹고 싶은 대로 먹을 수 있는 기쁨을 맛보았다. 밥이 이렇게 맛있는 건 줄 몰랐다며 능청을 떨면서 말이다.

이로써 나는 병이 나면 여기저기 소문을 내라던 옛말의 의미를 뼈저리게 확인하게 되었다. 특히나 숱한 사건과 사고를 겪으며 엄청나게 다양한 임상 경험을 축적한 할머니들에겐 더더욱 소문을 내야 한다. 할머니는 분명! 약을 알고 있다.

산딸기 케이크 대작전!

한낮의 더위가 무르익는 시간, 마을 사람들은 우리 집 창고 담벼락이 드리운 그늘로 모여든다. 이 자리의 단골손님인 끝집 아저씨는 날마다 다울이에게 시시껄렁한 농담을 던지며 시간을 보내신다.

"다울아, 오늘 핵교에서 뭐 배왔어?"

"안 배웠어요."

"암것도 안 배왔어? 아…… 그럼 점심 때 뭐 먹었어? 괴기 먹었어? 괴기 많이 묵어야 되야. 괴기 없으면 아자씨가 잡아다 줄 텡께 먹고 싶으면 말해라이. 멧돼지가 좋으냐, 고라니가 좋으냐? 배암탕도 한번 묵어볼래?"

"안 먹을래요. 징그러워요."

"푹 고아서 건데기는 없어. 그기 을매나 좋은디 그려. 아자씨 처럼 힘 쎄지고 싶으면 배암탕도 묵어야 되야."

"윽! 싫어요."

"그럼 달걀은 어떠냐? 우리 집 닭들이 달걀을 하루에도 몇 개 씩 낳는디, 그거 꺼내기가 귀찮아서 못 먹는당께. 안 꺼내고 며칠 있으믄 닭들이 알을 다 쪼아부러."

"나는 달걀은 좋아하는데요."

"그라면 가자. 아자씨가 꺼내줄랑께."

마침내 다울이와 끝집 아저씨는 함께 손을 잡고 일어섰다. 그리고 조금 있으니 다울이가 달걀 여러 알이 담긴 비닐봉지를 손에 든 채 달려왔다. "엄마, 나 달걀 삶아줘~!" 하면서 말이다. 만약 다울이가 뱀탕이 먹고 싶다고 했으면 뱀탕을 한 그릇 들려 보내셨을까?

솔직히 나는 이사 와서 아주 오랫동안 끝집 아저씨에게 경계의 끈을 늦추지 않고 있었다. 술을 먹고 마을을 소란스럽게 하신 일도 여러 번 있고, 뱀이나 개구리를 잡으러 다니며 보신용 탕을 끓여 드시기도 하는 게 영 못마땅해서다. 하지만 겪으면 겪을수록 아저씨의 따뜻한 마음과 아이처럼 개구지고 천진한 모습을 새롭게 발견하게 된다. 그러면서 아저씨의 어머니, 그러니까 명랑 할머니를 떠올리게 된다.

명랑 할머니는 내가 이 마을로 이사 오기 서너 해 전에 돌아가셨다고 한다. 그런데 아직까지도 마을 사람들은 대화 속에서 명랑 할머니를 추억하고는 한다.

"명랑땍이가 팥죽을 맛나게 쒔는디 말이여."

"그라제. 명랑땍이 불러서 가보믄 '한평땍, 한평 양반 갖다줘' 함서 큰 그릇으로 한 그릇 떠주고 그랬당께. 그거 갖다주믄 우리 집 남자도 오지게 잘 묵었는디."

"청포묵도 잘 쒔잖여. 제사 때마다 쒀서 올리고 그랬제. 사람들 다 노놔주고 말이여."

"참말로, 명랑땍이 있을 때는 참 재미졌는디……"

가만히 들어보면 명랑 할머니는 정이 많고 따듯한 분이었던 것 같다. 끝집 아저씨처럼 입담도 좋아서 모여서 먹고 놀고 웃고 하는 자리를 부지런히 만드셨다고 한다. 비 오고 꿉꿉한 날이면 밀가루로 국수 밀어서 큰 솥으로 한 가득 팥죽을 쑤고, 제사 음식도 다 나눠 먹고, 장에 나가면 뭐라도 맛난 것을 사 와서 사람들 불러다 먹이고…… 겨울이면 명랑 할머니댁 안방이 마을회관이나 다름없었을 정도였다는데, 그 시절 왁자지껄한 마을 풍경은 상상만 해도 즐겁다.

한편 수봉 할머니에게 전해들은 바로는 명랑 할머니는 아무도 못 말리는 푼수이기도 했단다. 한 예로 당장 용돈이 모자라면 아무에게나 헐값에 땅을 파셨단다. 택시 타고 나갔다 들어오는 길에 택시 기사한테도 땅을 팔고, 말을 슬쩍 던져봐서 산다는 사람 있으면 땡처리 물건 팔듯이 파셨단다.

그 얘길 듣는데 얼마나 놀랐는지 모른다. 시골 사람들에게 땅이란 자기 몸뚱이 같은 것인데, 그걸 그렇게 큰 고민 없이 파시다니 말이다. 아무래도 명랑 할머니는 남들이 뭐라 하건 오늘 하루 잘 먹고 잘 놀면서 사는 걸 가장 가치 있게 여긴 분이었던가 보다. 이리저리 계산하지 않고 제 눈에 가장 좋아 보이는 무언가를 선뜻 선택하는 어린아이처럼 말이다.

아무튼 이런 재미난 캐릭터의 할머니를 살아생전에 만나 뵙지 못한 것이 아쉽기만 하다. 명랑 할머니가 살던 시절의 마을 풍경─아낌없이 나누고, 너나없이 어우러졌던 지난날─이 간절하게 그립다. 마을에 명랑 할머니 같은 사람이 한 분만 있어도 마을이 환해지고 사람 사는 맛이 제대로 났을 텐데…… 그런 이웃과 함께 살아가고 있다고 하면 누구나 '나만 먹을 거야! 내 가족이 전부야!' 하는 마음을 부끄럽게 바라보게 되지 않겠나?

그래서 말이다, 나도 명랑 할머니 발가락 때만큼이라도 흉내를 내볼까 하고 일을 계획했다. 이름하여 산딸기 케이크 대작전! 마침 올해 거둔 밀로 밀가루를 냈는데, 이걸 좀 나누어 먹고 싶던 차에 눈부시게 빛나는 산딸기와 끝집 아저씨표 달걀을 보니 산딸기 케이크가 떠올랐다. 그래서 해 뜨자마자 부지런을 떨어 다울이 다랑이와 산에 가서 산딸기를 따오고, 달걀과 밀가루, 콩비지 등을 이용하여 찜 케이크를 만들었다. 그러고는 목련 잎 접시에 나누어 담아 케이크 배달을 다녔다.

"할머니, 이것 좀 맛보세요."

"이게 뭐시여? 아따, 맛있겠네. 잘 먹었소."

사실 나누러 다니는 게 쑥스럽기도 했지만, 케이크를 받아드는 할머니들 얼굴이 환해지는 걸 보니 뿌듯했다. 명랑 할머니처럼 손 크게 무엇인가를 나눌 수는 없지만, 내가 할 수 있는 만큼씩 한 발자국이라도 나누는 길을 가고 싶다. 내가 살고 싶은 세상, 그리워만 하지 말고 작은 빗방울만큼씩이라도 이루어가야지.

아직도 남아 있는 명랑 할머니 온기가 내 안을 덥히며 불을 지핀다.

할머니와 함께 버스를

6개월쯤 전에 정들었던 차와 이별했다. 엔진 고장으로 막대한 수리비가 드니 폐차할 수밖에 없는 상황에 처한 것이다. 워낙 낡은 차이다 보니 진작부터 각오하고 있던 일이기는 하지만 막상 그런 일이 생기고 보니 눈앞이 캄캄했다.

버스 타러 나가는 데만 한 시간 남짓 걸어야 하는데, 아이들을 데리고 그 길을 어떻게 가야 하나, 앞으로 발이 꽁꽁 묶이는 건 아닌가, 이런저런 걱정이 많았지만 생각보다 즐거운 나들이 길이 펼쳐졌다.

산딸기나 오디, 버찌도 따 먹고, 달래 씨앗도 따고, 길 한가운데 죽어 있는 뱀을 찬찬히 관찰한 뒤에 풀숲으로 치워주기도 하고, 다람쥐 뒤를 쫓기도 하고…… 차를 타고 다닐 때는 그냥 지나치고 말았을 텐데, 두 발로 걷는 길에서는 풍경과 하나로 어우러져 숱한 이야깃거리를 주워 담을 수가 있었다. 역시 고생을 무릅쓸 때 삶의 새로운 차원이 열리는 것!

차가 없어진 것을 무척 서운해 했던 다울이도 자전거나 수레를 실컷 탈 수 있어서 좋은지 나들이 갈 때마다 연신 노래를 불렀다.(펼쳐지는 풍경을 보고 떠오르는 생각들을 다울이가 즉흥적으로 노랫말과 곡조를 만들어 부르는데, 마치 흘러가는 냇물처럼, 쏟아지는 눈처럼 아름다운 노래들이다.) 그런가 하면 다랑이는 다랑이대로 깍깍 소리를 지르며 제 기쁨을 격하게 표현했다. 아이들 때문에 걱정이었는데, 아이들은 오히려 새로운 변화를 기꺼이 받아들이는 듯했다.

그런데 다른 무엇보다 새롭게 발견하게 된 기쁨이 있으니, 그건 바로 할머니들과 함께 버스를 타는 일이다. 특히 장이 서는 날이면 버스 안은 만남의 광장으로 탈바꿈을 하여 정든 풍경이 연출된다.

승강장마다 꽃송이처럼 화려한 옷을 입은 할머니들이 무더기로 몸을 실어 먼저 타 있던 사람들과 반갑게 인사를 나누고, 안부를 묻고, 손을 맞잡는다.

"오메, 날 더운디 잘 살았소?"

"아따메, 새 땀시 콩 못 숭군당께. 집이는 콩 다 숭궜소?"

"또 병원에 돈 보태주러 가제? 안즉도 물팍(무릎)이 많이 아프요?"

"내평땍이는 집 다 지섰당가?"

"솥단지가 깨졌다고라? 밸일이네 참말로."

이렇게 정겨운 사투리가 오고 가는 소리를 듣고 있다 보면 모두 함께 어디론가 소풍을 떠나러 나온 듯한 착각이 들 때도 있다. 도시에서 버스를 탈 때는 누군가와 눈만 마주쳐도 불편한 느낌인 데 반하여 한없이 편안하기만 한 분위기! 버스가 있어서, 버스 안의 정적을 왁자지껄하게 깨뜨려주는 할머니들이 있어서 얼마나 고마운지!

그런데 나처럼 좋게만 생각하지 않는 사람도 있게 마련이다. 한번은 어떤 할아버지 한 분이 할머니들 수다를 눈살을 찌푸리며 듣고 있다가 마침내 불만을 터뜨리셨다.

"집에서나 떠들지 왜 버스에서 시끄럽게 해. 할망구들이 염치가 없어."

그러자 쪽진 머리에 목소리가 우렁찬 할머니가 할아버지 쪽을 쏘아보며 곧바로 맞대응을 하셨다.

"이 할아방구야, 내 돈 내고 버스 탔는데 하고 싶은 말도 못해? 오랜만에 만나서 이 얘기 저 얘기 할 수도 있는 거지, 그게 사람 사는 거지. 사람 소리가 듣기 싫으면 버스 타지 말고 자가용 타! 우하하하하!"

놀랍게도 하회탈처럼 환하게 웃는 얼굴로, 시원하게 웃으면서 그런 말씀을 하시는데, 거기서 뿜어져 나오는 포스가 장난이 아니었다. 다른 할머니들도 별것도 아닌 거 가지고 트집이라며 할아버지에게 야유의 눈빛을 보내니 할아버지는 얼굴이 붉으락푸르락해져서는 아무 말씀도 못하셨다. 괜시리 한마디 했다가 본전도 못 찾고 꼬리를 내리신 것이다.

'야호, 할머니가 이겼다!' 나는 속으로 쾌재를 불렀다. 완패를 당한 할아버지가 안쓰럽기도 했지만, 아무래도 할머니 쪽으로 마음이 기울기 때문이다. 조금 왁자지껄하고 시끄럽다 하더라도 사람 냄새 물씬 나는 버스, 얼마나 생기 있는가! 공중 도덕에 어긋날지는 몰라도 얼마나 정겨운가!

사실 공중 도덕이란 것이 사람다운 맛을 가로막을 때도 있다고 본다. 모두가 남인 세상에서는 서로 눈 안 마주치고 자기 앞의 핸드폰만 만지작거리는 게 예의라 여길지 모르지만, 모두가 이웃이라면 눈빛이나 웃음이 오가고 서로 말을 섞는 게 당연한 거 아닐까?

그와 같은 당연한 세상을 아직도 살아가고 있는 할머니들이 있어서 나는 버스 타는 일이 즐겁다. 더 늦기 전에 자가용과 이별하게 되어 퍽 다행한 일이란 생각이 들 정도로 말이다.

결국 '그 맛'이 우리를 구원할 거야

아침저녁 쌀쌀한 바람과 한낮의 땡볕이 묘하게 어우러진 가운데 가을이 무르익어 간다. 어제까지만 해도 시퍼렇던 감이 오늘은 슬며시 주황빛을 머금고 있는가 하면, 애호박도 무서운 기세로 자라 여기저기 대롱대롱 매달려 있다. 곧 있으면 밤송이도 툭툭 떨어질 테고 땅 속 고구마도 잡아먹기 좋을 만큼 굵어질 것이다.

해마다 느끼는 거지만 가을은 가지각색 선물을 받는 시간. 그것도 약간의 시간차를 두고 와장창 쏟아지는 선물이니 얼마나 가슴 벅찬지 모른다. 하지만 "구슬이 서 말이라도 꿰어야 보배"라는 속담처럼 가만히 있어서는 선물이 내 것이 되지 않는다.

지난가을 도토리만 해도 그렇다. 도토리 풍년이라 아이들과 산책을 다니며 주운 도토리가 작은 소쿠리로 한 가득 되었다. 다울이도 나도 도토리를 보며 잔뜩 기대에 부풀었다.

"엄마, 우리 도토리로 빵도 만들고 떡도 만들고 부침개도 만들자."

"그래 그래. 도토리묵도 쒀야지. 엄마는 도토리묵 해먹는 게 오랜 소원이었어. 우리 꼭 이것저것 만들어보자."

그렇게 약속을 했건만 결국 도토리는 몽땅 벌레 차지가 되어버렸다. 열심히 주워서 햇볕에 말렸는데 어느 날 수봉 할머니가 보시더니만, "뭐여. 싹 다 벌레 먹었구만. 물에 담갔다가 얼릉 해묵어야제 이렇게 놔두믄 못써" 하시는 거다. 겉으로 보기엔 멀쩡하기에 괜찮은 줄 알았더니 속에서 벌레가 도토리살을 다 파먹고 있었을 줄이야. 할 수 없이 내년을 기약하며 아쉬움을 달랠 수밖에 없었다.

하지만 올해도 도토리를 주워만 놓고 손을 대지 못하고 있었다. '이걸 어떻게 하긴 해야 하는데……' 생각만 했지 어떻게 할 줄을 모르고 있었던 것이다. 한 번도 안 해본 걸 하려면 왜 이렇게 미적거리게만 되는지 원.

그런데 친정 엄마가 오시더니 며칠 만에 뚝딱, 마술을 부리듯이 도토리묵을 만들어내셨다. 머릿속으로 어떻게 만들까 궁리만 하는 나와 달리 엄마는 도토리를 줍는 족족 바로바로 껍질을 벗기고 물에 담가 우리는 등 일사천리로 행동을 하신 거다. 그리하여 도토리는 벌레 밥이 되지 않고 묵으로 부활! 쫀득쫀득하고 보드라운 '리얼 도토리묵'을 맛볼 수가 있었다.

도토리묵뿐만이 아니다. 엄마는 신랑이 밭에서 솎아온 어린 배추로 후닥닥 산뜻한 김치를 담가 밥상에 올리셨다. 병이 들어 붉은 고추가 되기 전에 썩어버리는 고추는 파랄 때 다 따서 썩은 부분을 도려내고 그걸로 장아찌도 담그고 고추무름 반찬도 하고, 믹서에 들들 갈아 김치 양념용으로 냉동실에 얼려두기도 하셨다.

"좀 있다가 무 솎으면 풀만 쪼금 쒀가지고 고추 갈아놓은 거랑 멸치젓 넣고 김치 담가봐. 얼마나 맛있다고."

"파란 고추도 김치 담글 때 갈아 넣어도 돼?"

"그럼. 이맘 때 담그는 김치는 그래야 더 시원하고 맛있어. 엄마 어릴 때는 솎음지 담그면 거기다가 고추무름 넣고 냇가에서 잡은 새비(민물새우) 데쳐서 넣고 해서 밥 비벼 먹었어. 그 맛이 아직도 생각난다니까."

시골 출신인 친정 엄마에겐 고향에 살 때 먹었던 그 맛이 고스란히 기억되어 있는 모양이다. 그리고 그 맛이 곧 이정표와 같은 레시피가 되어 요리로 마술을 부리시는 것이다. '이맘 때 이 재료, 이 재료로는 무엇을'이라는 몸이 기억하는 자연스러운 공식에 입각하여서 말이다.

그 덕분에 벌레 밥이 될 뻔한 도토리는 묵이 되었고, 배추 솎아낸 것도 시들기 전에 김치가 되었다. 고추도 썩어 없어지기 전에 여러 가지 반찬이 되었다. 진정한 요리란 이렇게 지금 주위에 있는 재료를 모두 다 살려내는 것이 아닐는지······

비단 친정 엄마뿐 아니라 마을 할머니들도 그렇다. 그분들이 기억하는 맛은 반드시 계절과 이어져 있고, 단순히 혀끝에서 노는 맛이 아니라 그 계절이 간직한 맛의 정수가 살아있는 맛이었다. 예를 들어 똑같은 고등어조림을 한다 해도 여름엔 감자나 애호박을 넣고, 가을에는 고구마줄기를 넣고, 겨울에는 김장김치를 넣어 지져 먹는 식으로 그때그때 계절의 맛을 담아내는 것이다. 버리는 것 하나 없이 알뜰하게, 미적거리지 않고 민첩하게!

그건 돈을 주고 온갖 식재료를 사서 쓰는 생활에서는 감히 넘볼 수 없는 경지다. 한겨울에도 청량고추가 들어간 음식을 하고, 일 년 내내 똑같은 속재료가 들어가는 짜장면을 먹는 게 결코 자연스러운 일이 아님을 몸이 먼저 깨달아야 하기 때문이다. 말하자면 '제철 감각 본능'이 살아있어야 한달까?

물론 본능을 일깨우는 일이 하루아침에 이루어지지는 않는다. 나 역시 시골에 살면서도 한동안은 산과 들에 널린 수많은 반찬거리를 눈으로 구경만 하거나 놓아두고도 썩히면서 살았다. 왜? 게을러서…… 민첩하게 움직여서 재료를 다듬고 요리를 해야 입으로 들어가는데 잠자코 뒷짐만 지고 있었으니까.

지난겨울 시래기만 해도 그렇다. 앞집 한평 할머니가 아니었으면 썩혀서 다 버릴 뻔했다. 다울이 아빠가 무를 뽑아오긴 했는데 그대로 처박아두고 며칠을 보낸 것. 그랬더니 우리 집에 자주 놀러 오시는 한평 할머니가 답답하다는 듯이 채근을 하시기에 이르렀다.

"시래기 안 해? 빨리 해. 무시 잎싹 다 시들어버리겠네."

할 일은 제대로 못하면서 잔소리 듣는 건 지독히도 싫어하는 나는, 할머니가 가시자마자 무부터 정리하기로 했다. 다랑이를 들쳐 업은 채 쪼그리고 앉아 무 꽁지를 잘라 무는 무대로 이파리는 이파리대로 따로 모으고, 불을 때서 솥에 물을 끓였다. 그러고는 무 이파리를 넣어 숨이 죽을 때까지 삶는데, 양이 많은 터라 몇 번에 걸쳐 그 과정을 되풀이해야 했다.

마침내 모든 일을 마치고 데친 무 이파리의 물기를 꼭 짜서 빨랫줄에 널었다. 그제야 겨우 허리를 펴고 "아이구, 허리야" 하는데 이럴 수가! 내 눈앞에 한 폭의 그림이 펼쳐져 있는 거다. 빨랫줄에 가지런히 매달린 시래기가 어쩜 그렇게 아름다운지! 뿌듯함과 황

홀함에 시래기에서 눈을 못 떼고 있는 그때, 어느 틈엔가 불쑥 찾아오신 한평 할머니가 흐뭇하게 시래기를 바라보며 말씀하셨다.

"아따, 보기 좋다. 그새 시래기 해서 널었네. 인자 다 마르면 한 뻔에 먹을 만큼씩 살그머니 묶어서 뒀다가 시안에 두고두고 해먹어. 국도 끓이고 나물도 하고…… 징하게 맛나."

"네. 시래기만 있어도 겨우내 반찬 걱정 없겠어요. 지난겨울엔 할머니한테 시래깃국 많이 얻어먹었는데…… 얼마나 맛있게 먹었다고요."

그랬다. 그동안 시골에 살면서도 우리 집엔 시래기가 귀해서 한평 할머니가 한 그릇씩 갖다주시는 시래깃국이 그렇게 반가울 수가 없었다. 시래깃국에 밥을 말아 김치를 얹어 먹으면 잔칫상이나 뷔페 음식도 부럽지 않았으니까. 게다가 맛있기만 한 게 아니라 삼 년 묵은 시래기는 암도 낫게 한다고 할 정도로 우리 몸에 약이 된다고 하니, 얼마나 고마운지 모른다.

전에 어떤 분께 우리나라 사람들이 6·25전쟁 이후 모진 세월을 굳세게 견뎌낼 수 있었던 게 다 시래기나 우거지 덕분이라는 얘기를 들었다. 먹을 게 귀하니 시래기나 우거지를 주구장창 먹어야 했는데, 알고 보니 거기에 천연 '신경 안정제' 성분이 들어 있었다는 것이다. 결국 시래기와 우거지가 전쟁과 분단의 아픔을 치유하는 데 결정적인 역할을 한 셈인데, 정말 놀랍고도 재미있는 사실이 아닐 수 없다.

이처럼 버리지 않고 야무지게 갈무리하면 무 이파리는 그 자체로 보물이 된다. 시래기로 거듭남으로써 썩지 않고 오래가며, 우리 몸은 물론 마음까지 어루만지는 명약이 되는 것이다. 그러니 세상 그 어떤 값비싼 약재라 한들 그 앞에서 큰소리를 칠쏘냐.

비단 시래기뿐이 아니라 흔하디흔한 먹을거리도 알뜰하게 갈무리하면 다 보약이고 훌륭한 식재료다. 제철 음식을 강조할 필요가 없이 농사짓고 살다 보면 절로 제철 밥상, 아니 제철 보약을 차리게 되니, 어찌 보면 농부의 길과 진정한 식도락의 길은 맞닿아 있다는 생각도 든다. 그리고 결국, 그 맛이 우리를 구원하지 않을까?

실제로 내 주위에 있는 귀농인들을 보면 '옛날에 먹던 그 맛'이 그리워 시골에 내려오게 되었다는 사람이 꽤 많다. 온갖 화려한 먹을거리가 넘치는 시대이지만 혀끝에서 노는 맛이 아닌 자연을 품은 맛은 우리에게 진정한 삶이 무엇인지 가르쳐주고 있는 듯하다. 그렇게 우리 모두를 살려내는 듯하다.

쌀밥 먹음시로 나락이 뭔지도 모른다냐?

앞집 한평 할머니는 허구한 날 시도 때도 없이 우리 집에 찾아오신다. "이 집은 뭐한디야?" 하면서 문을 쓱 열고 들어와 우편물을 들이밀며 뭐가 왔는지 읽어달라 부탁하기도 하고, 애기 옷 입혀라, 나물을 더 우려라 말아라 잔소리도 늘어놓고, 심심해 죽겠다는 둥 힘들어 죽겠다는 둥 죽겠다 죽겠다 소리를 무슨 후렴구처럼 연거푸 내뱉기도 하신다.

마음이 한가로운 날은 나도 할머니를 반갑게 맞이하지만, 가끔은 귀찮고 성가실 때도 있다. 특히 밥 먹는 시간에도 아랑곳없이 들어와 우리 식구가 밥 먹는 밥상 앞에 앉아 계실 때, 밥 준비를 하거나 집안일을 하느라 정신없는데 이래라 저래라 하실 때, 간신히 다랑이를 재우고 잠깐의 여유를 만끽하고 있는데 시끄러운 소리로 찾아와 아이를 깨우고야 말 때는 화가 나서 할머니에게 가시 돋친 말을 내뱉기도 한다.

다른 사람 같으면 그렇게 못하는데 한평 할머니기에 그게 가능하다. 내가 아무리 못되게 굴고 솔직하게 내 감정을 보여주어도 할머니는 상처받지 않을 거라는 믿음이 있기에 그렇다. 모질게 말해놓고 내가 너무했구나 싶어 반성을 하고 있으면 할머니가 몇 시간 뒤에 또 아무렇지 않은 얼굴로 찾아와 "이 집은 뭐한디야?" 할 것을 잘 알고 있으니까.

재미있는 사실은 우리 집 아이들은 할머니의 방문에 열광한다는 것이다. 할머니가 오시면 쏜살같이 튀어나가 할머니가 뭐 맛있는 걸 들고 오셨나부터 살피고, 그렇지 않더라도 할머니 손을 끌어당기며 함께 놀자고 한다. 다울이는 자기가 그린 그림이나 만든 물건을 끊임없이 선물하고, 다랑이는 할머니 앞에서 예쁜 짓을 하거나 어리광을 부리면서 또 다른 엄마 대하듯 한다.

그도 그럴 것이 내가 아이들을 혼내면 방패막이가 되어서 "때이! 엄마 나쁘다 때이!" 하며 아이 편이 되어주고, 아이가 무얼 보여주면 "워따, 잘한다. 워따메!" 하며 추임새를 넣고, 맛있는 게 있으면 "이게 뭣이대?" 하면서 들고 와 아이 손에 꼭 쥐어주곤 하시니까. 정말이지 친할머니처럼 아이들을 사랑해 주시니 아이들도 그걸 알고 편하게 다가가는 것 같다.

그런데 며칠 전에 한평 할머니가 생전처음으로 다울이에게 화를 내셨다. 태풍 소식에 나락이 쓰러지면 어쩌냐며 할머니와 마주앉아 걱정을 하고 있었는데 다울이가 끼어들어 이렇게 물었기 때문이다.

"나락? 나락이 뭔데?"

그 말을 듣는 순간 한평 할머니가 버럭 화를 내며 말씀하셨다.

"쌀밥 먹음시로(먹으면서) 나락이 뭔지도 모른다냐? 나락이 밥이여 밥!"

할머니의 반응에 다울이가 깜짝 놀랄까 싶어 눈치를 살폈는데 다행히 속상해하거나 울먹이는 표정은 아니었다. 다만 할머니가 왜 그렇게 흥분해서 말씀하시는지 이상하게 여기는 것 같은 얼굴이었다. 그래서 내가 얼른 말을 덧붙였다.

"다울아, 논에서 자라는 벼 있지? 그걸 나락이라는 이름으로도 불러. 겉껍질을 벗겨서 우리가 먹을 수 있게 만들면 쌀이라고 부르고. 아주 오랜 옛날부터 우리가 먹어온 음식이 쌀밥이고, 그만큼 소중하니까 부르는 이름도 많은 거야. 할머니는 다울이가 당연히 알 거라고 생각했는데 모르니까 그걸 확실히 알려주려고 혼내듯이 말씀하셨나봐."

이렇게 말해놓고 시간이 조금 흐른 뒤에 다시 생각해 보았다. 할머니는 왜 그렇게 화를 내셨을까 하고 말이다. 갑자기 삼십대 초반의 사촌동생이 "누나, 현미하고 보리하고 다른 거야?"라고 물었던 일이 떠올랐다. 세상에 어떻게 그런 질문을 할 수가 있나 싶어서 황당하기도 하고, 너무나 당연하게 알아야 할 것을 모른다는 사실이 기가 막히고 슬펐더랬다. 아마 할머니도 그런 마음이었나 보다. 아무리 여섯 살 꼬마아이라 하더라도 쌀밥 먹고 사는 이상 알 건 알아야 하는 거니까.

그런데 말이다, 눈치도 없고 지능이 살짝 모자라 마을 사람들에게 '모지리'라 불리는 한평 할머니도 당연하게 아는 것을, 또 당연하게 알아야 한다고 생각하는 것을 요즘 사람들은 잘 모른다. 초·중·고를 거쳐 대학까지 졸업을 해도 나락을 비롯하여 날마다 마주하는 밥에 대한 이야기를 들을 기회가 거의 없기 때문일 것이다. 논을 차창 밖 풍경으로 지나치기만 하지 논에 발 담그고 땀 흘릴 일 또한 거의 없을 것이기 때문이다.

잘은 몰라도 도시에 나가 길 가는 젊은 사람 붙잡고 나락이 뭔지 아냐고 물으면 대답 못할 사람도 수두룩하지 않을까? 나락이 뭔지 알고 모르고가 중요하다는 게 아니라, 정말 상식이 되어야 하는 게 상식이 되지 못하고 엉뚱하고 현란한 지식 습득에만 혈안이 되어 있는 세태가 한심하다는 얘기다.

나는 그와 같은 무지와 무관심이 '쌀 수입 전면 개방'이라는 황당무계한 정책을 펼치게 하는 거라고 본다. 백성이 어리석으면 권력자가 백성을 함부로 보고 제 뜻대로 쥐고 흔들게 마련이니까. 학력은 고학력이라도 우리는 헛똑똑이로 살아가고 있는 게 아닐까?

내가 무얼 먹고 사는지, 그것이 어디에서 오고 어떻게 자랐는지를 탐구하는 일이 공부의 출발이고, 또 공부의 전부가 될 수도 있다고 본다. 쌀이 없으면 빵을 사먹으면 된다는 논리, 생명도 돈이 있을 때 가치 있다는 생각, 그런 어리석음에 빠지지 않으려면 우리 모두 정신을 똑바로 차리고 진짜 공부를 시작해야 한다. 한평 할머니의 말씀의 속뜻을 깊이 되새기면서 말이다.

"쌀밥 먹음시로 나락이 뭔지도(나락이 얼마나 소중한지도) 모른다냐? 나락이 밥이여 밥!(나락을 잃으면 우리 목숨도 끝장이여!)"

빗속을 뚫고 온 해님 같은 사랑

때 아닌 장마가 계속되고 있다. 날이 좋았다면 가을 햇살에 이것저것 널고 말리느라 정신이 없었을 텐데, 해가 없으니 뭘 하려야 할 수가 없다. 빨래도 불 땐 방에 널어서 간신히 말리고 붉은 고추도 아랫목에 펼쳐놓고 몇 번씩 뒤집어준다. 이렇게 고추를 위해 아랫목을 양보한 지도 여러 날이건만 아직도 마를 생각을 안 한다. 이러다 곰팡이 나서 다 버려야 하는 건 아닌가 걱정이 이만저만이 아니다.

그래도 어쩔 수 있나, 쌍지 할머니 말씀마따나 날씨는 하늘이 하시는 일. 내가 어쩌려고 해봐야 어쩔 수 있는 일이 아니다. 잠자코 기다리며 기도하는 수밖에는 다른 방도가 없다. 하지만 밑도 끝도 없이 막연히 기다리는 일도 쉬운 일은 아니다. 막막하고,

불안하고, 답답하다. 눅눅하고 습한 기운이 몸속 깊은 데까지 스멀스멀 기어 들어와 내 생명력을 갉아먹는 것 같다. 이럴 때 딱한 시간만이라도 뜨거운 햇빛이 내리쬔다면 얼마나 좋을까? 햇빛 샤워기 아래 서서 햇빛을 온몸으로 빨아들일 수 있다면……

내가 이런 생각에 빠져 있을 때, 아이들은 난리가 났다. 비가 와서 며칠째 집안에만 있었더니 밖에 나가고 싶어서 난동을 부리는 거다. 다울이는 비가 오는데도 아랑곳하지 않고 내 눈을 피해 슬쩍슬쩍 밖으로 나가서 놀고, 다랑이는 그런 형을 부러운 눈길로 바라보며 자기도 데려가 달라며 눈물로 호소한다.

"박다울, 얼른 들어와! 비 오는 데 뭐하는 거야? 네가 나가니까 다랑이도 나가고 싶어 하잖아."

"엄마, 비 쪼금밖에 안 오니까 나들이 갔다 오자."

나는 "안 돼! 이러다가 또 갑자기 쏟아진단 말이야"라고 하려다가 "그럴까?"라고 고쳐 말했다. 너무 오랫동안 "안 돼!"라고 소리치는 간수 역할을 했더니 신물이 나기도 하고, 애들 못지않게 나 또한 너무 갑갑했기 때문이다. 우산을 쓰고서라도 실컷 걷고 싶었다.

"야호, 신난다."

"까아! 까아!"

아이들은 신이 났다. 길 위로 철철 흘러 내려가는 빗물을 밟으며 마구 내달리고, 물웅덩이를 만나면 물 만난 고기마냥 신이 나서 첨벙거리며 놀았다. 나는 "조심해! 그러다 옷 다 젖는다. 감기 걸리면 어쩌려고 그래!"라고 잔소리를 했지만, 말을 하면서도 이게 하나마나한 소리라는 걸 잘 알고 있었다. 물장난 삼매경에 빠진 아이들에게 그 무슨 소리인들 제대로 들리리오. 게다가 불어난 냇물이 세차게 흘러가는 소리에 묻혀 세상 모든 소리가 다 함께 떠내려가고 있는 이때에 말이다.

그런데 그때였다. "다울아! 다울아!" 하며 다울이를 애타게 부르는 소리가 들렸다. 바로 소리실 할머니! 멀리서 아이들 노는 소리를 듣고는 우리 쪽으로 걸어오고 계셨다. 한 손에 지팡이를 짚고 더듬더듬, 다른 한 손엔 분홍색 보자기에 싸인 무언가를 든 채로 말이다.

"할머니, 비 오는데 우산도 안 쓰고 어딜 가세요?"

"다울이 엄마여? 아그들 멕이라고 포도 한 송이 갖다줄라고 나왔는디 오다가 자빠져 가꼬 말이여. 물캐져서 못 쓰겄으믄 집이라도 잡숴. 이거 더런 거 아니여. 우리 딸이 휴가 옴시로 한 박스 사가꼬 온 거시여. 내뻘지(버리지) 말고 집이라도 잡숴봐. 어제는 도란떡 갖다주다가 길을 잘못 들어서 한참 헤매다가 자빠지고, 오늘도 조심히 온다고 왔는디 미끄라져 가꼬 아깐 거 넬차부렀어(떨어뜨렸어). 그래도 손으로 만져봉께 괘안은 거 같은께, 깨까시 씻어서 잡숴. 얼마 안 되아도 우리 딸이 사 왔응께 고루고루 노놔 먹어야제."

할머니는 딸이 사온 귀한 것이니 마을 사람들과 골고루 나눠 먹어야 한다는 생각에 며칠째 이웃들에게 포도 선물을 돌리고 계셨던 것이다. 쏟아지는 비에도 아랑곳하지 않은 채로, 앞이 안 보이는 길을 더듬어 찾아가면서 말이다.

할머니가 내미는 분홍 보자기를 받아들며 마음 한구석이 저려왔다. 내가 빗속에서 잔뜩 웅크리고 있을 때 누군가는 더듬더듬 나를 향해 걸어오고 있었다는 사실이 눈물겹게 다가왔다. 그렇게 귀한 포도 한 송이를 거저 얻어먹으려니 부끄럽기도 하고 황송하기도 했다.

"할머니, 잘 먹을게요. 한 알도 안 버리고 맛있게 먹을게요."

나는 몇 번이나 고맙다는 인사를 드리고는 우산을 받쳐 든 채 할머니를 집까지 모셔다드렸다. 그러고는 돌아오는 길, 할머니가 넘어진 자리에 할머니가 미처 다 줍지 못한 포도알들이 흩어져 있는 게 보였다.

"엄마, 여기 왜 포도가 있어?"

"소리실 할머니는 눈이 잘 안 보이시잖아. 넘어져서 포도를 떨어뜨리셨는데 앞이 잘 안 보이니까 그걸 다 줍지 못하셨나봐. 우리 이거 마저 주워가자."

다울이와 나는 빗속에서 바닥에 뒹굴고 있는 포도알을 주웠다. 그 포도가 얼마나 귀한 포도인지 잘 알기에 못 본 척 지나갈 수가 없었다. 깨끗이 씻어서 한 알도 남김없이 꼭꼭 씹어 먹으리라.

그런데 포도를 먹으며 다울이가 물었다.

"엄마, 이 포도 약 친 거야?"

"다울아, 이 포도는 약을 치고 안 치고를 떠나서 아주 귀한 포도야. 할머니가 주신 선물이잖아. 이건 그냥 포도가 아니라 할머니 마음이고 사랑이야."

우리는 그렇게 할머니 사랑을 먹었다. 그래서인지 포도 한 알을 목구멍으로 넘기고 나자 내 마음속에 환한 해님이 들어온 것 같았다. 이제 좀 더 의연하게 해님 나오시길 기다릴 수도 있으리라.

자, 비에도 지지 않고 씩씩하게, 오늘 내 몫의 사랑을 살자. 그게 해님을 부르는 최고의 기도인 것을 소리실 할머니가 가르쳐주셨으니까.

더 늦기 전 다리를 놓을 방법이 없을까?

　다랑이가 졸려하기에 업고 밭으로 가는 길이었다. 언제나 그렇듯이 할머니들 사는 집을 슬쩍슬쩍 넘겨다보며 골목길을 걷는데 동래 할머니가 툇마루에서 발을 만지작거리며 앉아 계신 것이 보였다. 무료함을 달랠 길이 없어 초조한 듯 보이기도 하고 누군가를 하염없이 기다리는 사람처럼 처량해 보이기도 해서 그냥 지나칠 수가 없었다. 그리하여 몇 번 망설인 끝에 할머니 곁으로 다가갔다.

　"할머니, 뭐하세요?"

　"애기가 참 많이 컸네. 자네가 욕봤어."

　"지가 알아서 컸죠 뭘. 점심은 드셨어요?"

　"(못 알아들으셨는지 그냥 빙긋이 웃으시며) 밭에다 뭐 좀 심었을까?"

"저희 먹을 거 이것저것 심었어요."

"(또 못 알아들으셨는지 빙긋이 웃으시며) 커피 좀 끼리까?"

"아뇨, 커피는 못 먹어요."

"커피가 뜨거워?"

"……"

말문이 꽉 막혔다. 같은 말을 하는데도 말이 서로에게 가 닿지 못하고 평행선을 탔다. 할머니 귀가 더 많이 어두워지기도 했고, 정신이 더 아득해지신 것도 같고, 할머니에겐 내 말투가 귀에 설어 더 안 들리는 건지도 모르겠다.

서로 어색한 미소만 주고받다가 이래서는 안 되겠다 하고 다랑이를 포대기에서 내렸다. 다랑이는 낯설게만 보이는 할머니 집을 구석구석 살피더니 마침내 탐색을 끝내고 여기저기 기웃거리기 시작했다. 할머니에게 다가가 손도 한번 만져보고 할머니가 마루 위에 가지런히 올려놓은 외출용 신발을 만지작거리기도 했다.

동래 할머니는 연신 웃으면서 아이 모습을 지켜보셨다. 그러더니만 갑자기 굽은 몸을 힘들게 일으켜 세우더니 방에 들어가신다. 방 안에서 사탕 봉지 부스럭거리는 소리가 나는 게 사탕을 몇 개 꺼내주시려는 모양이었다.

"애기 사탕 못 먹어요. 저 그냥 갈게요."

나는 그 말만 불쑥 던지고는 다랑이를 들쳐 업고 할머니 집을 빠져나왔다. 멋쩍은 시간을 벗어난 데 대한 안도의 한숨 같은 것이 새어나왔다. 이래서야 어떻게 동래 할머니 집에 놀러 간단 말인가? 동래 할머니가 우리 마을에서 가장 나이 많은 분이다 보니 다가가서 묻고 싶은 얘기가 많은데, 일상적인 대화조차 제대로 나누기가 어려우니 안타까울 따름이다. 서로 함께 있어도 전혀 어색하지 않고 재미나게 시간을 보낼 수 있는 방법이 없을까?

그게 계속 고민이 된다. 동래 할머니뿐 아니라 다른 할머니들의 경우도 함께할 수 있는 무언가가 없으니 마주앉아 있는 게 지루하고 답답할 때가 많다. 젊은 할머니들의 경우는 덜한데 나이가 많고 몸이 불편하신 할머니들은 친해지고 싶어도 그저 마음뿐이다. 그나마 다울이와 다랑이가 다리 역할을 해주지만, 아이들 재롱을 지켜보는 것 말고는 무엇을 해야 하나?

그러다가 《그림책의 힘》이란 책에서 나이가 들수록 그림책이 필요하다는 내용을 읽고 그림책을 들고 가볼까 생각해 보았다. 하지만 분명 눈도 어두우실 게 뻔한데, 갑자기 책을 들고 가면 생뚱맞게 느끼실 텐데, 하는 생각에 행동을 멈춘다. 다울이가 좀 더 자라서 할머니들에게 그림책을 읽어드린다면 모를까 내가 하기엔 정말 손발이 오그라드는 일이다. 그렇다면 할머니에게 옛날 이야기를 해달라고 졸라볼까?

마침 우리 집 담벼락 앞에 소리실 할머니가 앉아 계시기에 슬쩍 다가가서 부탁해 보았다. "할머니, 다울이가 옛날 이야기 듣고 싶대요. 옛날 이야기 좀 해주세요" 하고 말이다. 그랬더니 웃기만 하신다. 언젠가 노래를 흥얼거리시는 걸 들은 기억이 있어서 "할머니 잘 하시는 노래 좀 불러주세요"라고도 해보았지만 역시 배시시 웃기만 하실 뿐이다.

그러니 도무지 건널 수 없는 강이다. 다리가 끊어진 지 오래라 아득한 강을 사이에 두고 서로 바라보고만 있다. 더 늦기 전에 다리를 새로 놓아 할머니 삶을 깊이 있게 만나고 싶은데 어떻게 해야 할까? 지금 내가 다리를 놓지 않으면 이 다음 세대는 강 너머에 소중한 사람이 있었다는 사실조차 모르고 말 텐데. 더 늦기 전에, 동래 할머니 정신이 더 아득해지기 전에, 우리들의 보물을 함께 찾아내야 할 텐데.

오늘 나는, 할머니라는 보물 창고를 지척에 두고도 열쇠가 없어서 들어가지 못하고 발만 동동 구르고 있다. 하느님께서 열쇠를 내려주시기를 간절히 바라면서 말이다.

바느질을 내 품에

어렸을 때 읽은 동화책에서 가난한 사람들은 모두 헤진 옷을 입고 있었다. 옷에 난 구멍을 가리느라 천을 덧대어 기운 자국이 선명하게 드러난 누더기 옷 말이다. 물론 현실에서는 옷이 찢어지고 구멍이 날 만큼 가난하게 사는 사람을 본 적은 없지만, 그래도 아주 오랫동안 내 머릿속에서는 '가난하고 불쌍한 사람' 하면 곧바로 헤지고 낡은 옷이 떠오르곤 했다.

그러다가 오랜 시간이 흘러서 다울이 아빠를 만났는데, 그때 당시 다울이 아빠가 발뒤꿈치에 커다란 구멍이 뚫린 양말을 신고 있었다. 요즘 세상에도 구멍 난 양말을 신은 사람이 있다는 게 신기하기도 하고, 얼마나 없이 살면 저런 양말을 신을까 딱하기도 해서 자꾸만 구멍 난 양말로 눈길이 갔다. 구멍을 들여다보면 볼수록 뭐라도 챙겨주고 싶고 밥이라도 사주고 싶은 마음이 들었다. 졸지에 다울이 아빠는 내가 아는 사람 중에서 가장 불쌍한 사람이 된 거다.

그러면서 나도 모르게 '저렇게 불쌍한 사람 내가 도와줘야지!' 하는 마음으로 짝꿍이 되기에 이르렀는데, 이럴 수가! 막상 함께 살아보니 다울이 아빠에겐 새 양말이 아주 많았다. 이렇게 새 양말이 많은데 왜 구멍 난 양말만 신는지 원. 새 양말을 꺼내놓아도 구멍 난 헌 양말만 골라 신는 그에게 도대체 왜 그러느냐고, 당신이 그런 걸 신고 다니면 내가 더 부끄럽다고 했더니 대답이 걸작이었다. 구멍 난 양말을 신고 있으면 새 양말을 챙겨다주는 사람이 많다나 뭐래나? 그렇다면 동정심을 유발하기 위한 나름의 전략이었단 말인가?

헌데, 더 오래 겪어보니 진짜 이유는 따로 있었다. 다울이 아빠는 발뒤꿈치가 심하게 갈라지는 체질(?)이라 양말이 배겨날 수가 없었던 거다. 제아무리 두껍고 튼튼한 새 양말이라 하여도 두세 번만 신으면 구멍이 나버리니 차라리 헌 양말을 신기는 게 낫지 싶었다.

훤하게 드러난 다울이 아빠의 발뒤꿈치를 볼 때마다 아내로서 직무유기는 아닌지 뒤가 켕기긴 했지만 어쩔 도리가 있나? 저

것도 패션이려니 하고 눈 딱 감고 모르는 척하고 말았다. 그 뒤로 몇 년, 신혼 초엔 그나마 남들이 볼까봐 민망해하기라도 했으나 이제는 양말에 뚫린 구멍 따위는 아무렇지도 않게 느껴지는 지경 (또는 경지?)에 이르렀다.

양말을 짝짝이로 신든 양말의 구멍이 커지다 못해서 발 토시 비슷한 모양새가 되든 가만 내버려두고 있던 차에, 어느 날 한평 할머니의 양말이 눈에 크게 들어왔다. 할머니께서 기운 양말을 신고 계셨던 것이다.

"어, 양말도 기워서 신으세요? 한번 벗어보세요. 어떻게 기웠나 보게."

"뭘 봐? 기냥 기우면 되제. 양말도 못 기운당가?"

한평 할머니는 너무나 당연한 걸 모르는 나를 어리둥절한 눈으로 쳐다보시며 양말 한 짝을 벗어서 보여주셨다.

"아, 이렇게 양말 천을 덧대서 꿰매야 하는구나. 이렇게 하면 정말 튼튼하겠네요."

"이것도 모르간디? 나는 통 이렇게 꿰매서 신어. 비 오는 날이믄 양말 꿰매는 것도 재미져."

자세히 들여다보니 할머니 바느질 솜씨가 썩 훌륭한 것은 아니었지만 그럼에도 양말은 아주 짱짱했다. 이렇게 하면 되는 것을, 나는 왜 어떻게 할 생각조차 못했을까?

"구멍 난 양말 있으면 줘봐. 내가 꿰매줄 텡께."

"구멍 난 게 한두 개가 아닌데 어떻게 다 해주시려고요. 이거 한 켤레만 부탁할게요. 보고 따라하게요."

"인 내봐(이리 줘봐). 당장은 말고 비 오는 날 꿰매올랑께."

과연 할머니는 비 온 그 다음날에 구멍을 덧대어 더욱 튼튼해진 양말을 들고 나타나셨다. 내 자존심을 세워주시려고 그런 건지 애기 아빠한테는 할머니가 꿰매준 걸 비밀로 하라고 하시면서 말이다. 얼마나 고맙고 고맙던지 나는 그 길로 당장 양말 꿰매기에 도전해 보려 했으나 결국 그날은 바늘을 들지 못했다. 당장 해치워야 하는 집안일 때문에 바느질은 항상 뒷전이 되고 마는 걸 어쩌나.

그러다가 엊그제야 비로소 바늘을 들었다. 그날도 애초에 바느질을 하려던 건 아닌데, 빨래를 하려고 다울이 아빠가 벗어놓은 작업복을 정리하다가 작업복을 찬찬히 훑어보게 된 것이다. 작업복 상태는 그야말로 동화책 삽화에서나 보던 거지 옷과 똑같았다. 단추가 다 뜯어지고 옷에 구멍도 여러 군데 나 있지 뭔가. 손목이 헤진 건 말할 것도 없고 말이다. 아무래도 땡볕에서 일을 하다 보면 땀을 많이 흘리게 되니까 땀에 삭아서 옷이 쉽게 닳는 모양이었다.

그 옷을 보니 식구들 먹여 살린다고 애쓰는 다울이 아빠가 애처롭게 느껴졌다. 단추라도 달아달라고 할 것이지 말도 안 하고 불편함을 감수하고 있었구나…… 다른 건 몰라도 단추라도 새로 달아줘야지 싶어서 바늘을 들었는데, 익숙한 일이 아니다 보니 손놀림부터가 뻣뻣하다.

바늘귀에 실을 넣는 것도 마음대로 안 되고, 실은 쉽게 꼬이고, 하여간 애가 터졌다. 옛날 어머니들, 그러니까 지금의 할머니들 세대만 해도 옷을 짓고 옷감을 짜고 심지어 실까지 만들어 쓰는 게 일상이었다는데 나는 단추 하나 제대로 못 다는 무력한 신세라……

그래도 말이다, 바느질을 마치고 나니 왠지 모르게 어깨에 힘이 들어갔다. 내 일이 아니라고 생각했던 영역에 한 발짝이라도 내딛었다는 데 대한 뿌듯함이랄까? 내 식구가 겪는 불편을 내 손으로 덜어주었다는 데 대한 기쁨이랄까?

이제 한 걸음 더 나아가 한평 할머니처럼 바느질을 놀이삼아 할 수 있다면 참 좋을 텐데…… 비 오는 날이면 바느질을 하면서 식구들 옷이나 양말에 내 온기를 더하는 거다. 그리하여 옷은 내 정성을 입고 새 생명을 얻는 거다.

한 걸음 바느질에서, 누더기 옷이 가난의 상징이 아니라 따스한 손길의 징표라는 것을 나는 어렴풋이 맛보았다. 두 걸음 세 걸음 더 나아가 우리 가족에게 진짜 자랑스러운 누더기 옷, 누더기 양말을 선물하고 싶다.

'키질' 하면 떠오르는 사람

아이들과 산에 다녀오는 길, 여기저기서 두들겨 패는 소리가 요란하게 들려온다. 콩이며 팥, 들깨 따위를 타작하느라 한창 바쁜 때이기 때문이다. 더구나 내일부터 비가 온다는 소식이 들리자 비 오기 전에 부지런히 털어낼 생각으로 마을 할머니들은 저마다 콩대 더미, 팥대 더미 앞에서 돌부처가 되고야 말았다.

하루 종일 두들겨 패려면 얼마나 어깨가 아프실꼬. 하얀 먼지를 머리에 이고 쉼 없이 두들기는 고행을 하는 할머니들 앞을 그냥 지나치기가 미안해서 나는 다울이에게 "할머니, 힘내세요!" 하고 소리치라고 시켰다. 다른 건 몰라도 이런 일이라면 시키는 대로 말 잘 듣는 다울이가 과연 큰소리로 할머니들을 응원하자 다랑이도 웅얼웅얼 형님 말을 따라한다.

"할머니 힘내세요!"

"어우우우요!"

아이들 목소리에 할머니들은 굳은 얼굴을 펴고 모처럼 환히 웃으신다. 나 또한 "이제 얼마 안 남았네요. 시안(겨울)엔 아무 일도 하지 말고 푹 쉬세요!"라고 소리치며 할머니들께 힘을 실어 드렸다.

그렇게 기쁨조가 되어 할머니들을 위로하고 우리 집 마당으로 들어서니, 우리 집 나 홀로 일꾼 다울이 아빠가 오늘도 멀티플레이를 연출중이다. 나락 훑은 걸 풍구질로 날리다가, 콩을 털다가, 밭에 널어놓은 들깨를 지게로 져 나르다가…… 하여간 혼자서 이것저것 하느라 정신이 없다. 내가 일을 거들 수 있는 상황도 아니고 거들 수 있는 능력도 안 되는 걸 너무도 잘 아는지라, 혼자서 다 하는 걸 숙명처럼 받아들이고 있는 듯하다.

덕분에 그는 해가 갈수록 새로운 인간으로 진화하고 있다. 어떻게 하면 일을 동시다발적으로 하면서 일사천리로 진행하는지 잔머리도 굵어지고, 해도 해도 모르겠다던 키질(키로 까불어서 알곡을 추리는 일)을 꽤 능숙한 솜씨로 해낼 수도 있게 되었다. 그를 통해 나는 '역시 꾸준히 하면 할 수 있게 되는구나!' 하고 느끼고는 있는데, 과연 언제나 키를 손에 잡고 묘기 대행진을 할 수 있게 될는지는 모르겠다. 아직 내 눈에는 키질이 묘기로만 보이고 키질하는 사람은 대단히 놀라운 재주를 부리는 사람으로 보이기만 하니 말이다.

'키질' 이야기가 나와서 말인데, '키질' 하면 꼭 생각나는 사람이 있다. 처음 귀농해서 합천에 살 때 한 마을에 살던 새터 할머니! 그분은 치매를 앓고 계셔서 정신이 오락가락하는 할머니였는데, 나와 친하게 지내던 설매실 할머니 집에 자주 오셨다. 인정이 많은 설매실 할머니가 새터 할머니를 불러다 먹을 것도 챙겨드리고, 알뜰살뜰 보살펴주셨기 때문이다.

설매실 할머니는 농사 초보인 나를 친딸처럼 돌봐주시기도 했는데, 내가 어설픈 몸짓으로 일 같지도 않게 일을 할 때마다 새터 할머니를 투입시켜 내 일을 거들어주게 하셨다. 덕분에 지금도 잊히지 않는 또렷한 기억이 몇 개 남아 있다.

먼저, 보리 베던 때! 보리를 벤다고 내 무릎을 벨 것처럼 낫질을 하고 있을 때 설매실 할머니의 진두 지휘 아래 새터 할머니가 나타나셨다. 그러더니 마술 같은 솜씨로 낫질이란 무언인가를 몸소 보여주셨다. 어째서 같은 낫을 들고서도 내가 낫질을 하면 '써어어억!' 하는 답답한 소리가 나고 새터 할머니가 낫질을 하면 '썩!' 하는 속 시원한 소리가 나는지 원. 힘 하나 안 들이고 일을 하는 것 같은데 바람처럼 손놀림이 빨라서 나는 입을 쩍 벌리고 말았다.

키질도 그렇다. 나는 흉내조차 낼 수 없는 부드러운 손놀림으로 쭉정이와 검불을 까불어서 날리고 알곡만 추려내셨다. 할머니가 키를 살짝 들어 올리며 바람을 일으키면 콩알들이 공중제비를 하고 내려와 키에 부딪히며 '차르륵 차르륵' 하는 경쾌하고 단정한 소리를 냈었다. 아직도 그 소리가 귓가에 들려오는 듯하다. 살랑이는 부채질처럼, 아기를 어르는 구름 침대처럼, 할머니 키질은 참 보드랍고 신비로웠는데……

그뿐인가, 설매실 할머니 집에서 토란탕 끓여 먹는다고 모였을 때 믹서가 고장 나서 들깨를 절구에 갈아야 했는데 그때도 새터 할머니의 활약은 눈부셨다. 능숙한 솜씨로 방망이를 들들 돌려서 들깨를 갈았는데 내가 감히 흉내조차 낼 수 없는 손놀림이었다. 믹서의 힘을 빌리지 않고도 들깨를 곱게 갈 수 있다는 사실이 얼마나 신기했는지 나는 귀신에 홀린 듯 할머니 손놀림에서 눈을 떼지 못했었다.

그런데 그렇게 몸으로 많은 것을 보여주신 새터 할머니가 자식들 손에 이끌려 요양원에 입원하시고는 몇 달 안 돼 돌아가셨다는 소식을 듣고 말았다. 설매실 할머니는 안타까운 표정으로 이렇게 중얼거리셨다.

"요양원이라 카는 데가 감옥 아이가. 갔다 하믄 죽어서 나오
는 기라."

설매실 할머니와 나는 그렇게 씁쓸한 심정으로 새터 할머니
의 죽음을 받아들여야 했다. 우리는 새터 할머니가 얼마나 대단
한 능력자인지 잘 알고 있기에, 자식들 고생 안 시키고 얼른 죽어
서 다행이라는 다른 사람들의 이야기에 쉽게 동의할 수 없었다.

다울이 아빠가 들깨를 키질로 까부는 것을 보는 내내 새터 할
머니 손놀림과 몸짓, 그리고 우리가 함께 나누었던 시간들이 떠
올랐다. 앞으로도 아주 오랫동안 키질 하는 사람을 보면 새터 할
머니가 그리울 것 같다.

셋
• • • • •

그러거나 말거나의 경지

지금 내 삶에 가장 큰 영향을 준 사람이 누구냐 묻는다면 망설임 없이 외할머니라고 답할 것이다. 평생 농사를 지어 6남매를 먹여 살린 외할머니를 지켜보며, 나는 어릴 때부터 뭉클함을 느끼며 자랐다. 더구나 어린 시절에 2년 정도를 부모님과 떨어져 외가에서 지내기도 해서, 외가가 내게는 고향과도 같은 곳으로 기억된다. 외할머니 품에서 나던 불 냄새, 장에 간 할머니를 애타게 기다리던 길목, 밥 먹기 싫다고 투정부리면 할머니가 게장에 비벼 떠먹여 주시던 밥…… 특히 손톱에 때가 까맣게 낀 거칠거칠한 할머니 손은 아주 오래도록 내 기억에 남아 있다.

바로 그 기억이 나를 시골로 불러들이지 않았을까? 누군가를 좋아하고 존경하게 되면 자연스럽게 그와 같은 삶을 살고 싶어지게 마련이니까. 도시에 살던 때, 하얗고 반질반질한 내 손을 볼 때마다 '이건 아닌데' 하고 생각했던 것도 내가 할머니 손을 사랑하고 그 손이 어루만지는 삶을 경이롭게 바라보았기 때문일 것이다.

얼마 전에 우리 집에 다니러 오신 친정 엄마와 함께 외가에 찾아갔다. 팔순을 훌쩍 넘은 외할머니는 아직도 농사를 짓고 계신다. 외가에 갈 때마다 이것저것 씨앗을 얻어올 수 있는 것도 그 덕분이다. 하지만 할머니 몸이 예전 같지 않아서 고된 농사일을 하고 나면 어지럼증이 나 몇날며칠 고생을 하신다고 한다. 이번에도 마늘 심는다고 무리를 했다가 큰 고생을 했다며 외할아버지가 엄마에게 살짝 귀띔을 해주셨다. 그 얘길 듣고 엄마가 화가 나서 할머니께 쏘아붙였다.

"농사 좀 그만 지으라니까 왜 말을 안 들어? 엄마가 마늘 안 줘도 다 먹고사니까 엄마 몸이나 좀 챙겨. 돈 주고 사 먹으면 그만인데 뭐하러 그 고생을 한다요? 죽고 살고 농사지어 보내면 그걸 자식들이 알아주기나 한다요?"

할머니는 천연덕스럽게 "오냐, 그럴란다. 내년부터는 안 할란다" 하며 웃으신다. 벌써 몇 년째 '내년부터는 안 하겠다' 하셨다. 말씀은 그렇게 하셔도 살아있는 동안은 농사를 끊지 못하실 것이다. 농사지어 자식들에게 양식을 보태주시는 것이 할머니 삶의 이유고 목적이니까. 자식들이 알아주건 알아주지 않건 할머니는 당신 몫을 다 하시는 것이다.

할머니 딴에는 해가 갈수록 힘이 부쳐서 농사 성적이 형편 없어지는 것, 그래서 자식들 챙겨줄 게 줄어드는 것이 걱정이다. 올해는 콩 농사가 잘 안 돼서 콩을 한 되도 못 건지셨다고 한다. 그럼에도 콩을 사서라도 메주를 쑤겠다니 엄마가 또 화를 냈다.

"됐어. 그까짓 거 사다 먹으면 되지. 요즘은 된장 많이도 안 먹어. 엄마만 고생이라니까. 그러다 병 나믄 어쩔라고 그래요?"

"그래도 된장은 담가야제. 내가 아무리 멍청이가 되었어도 그건 해야제."

엄마가 아무리 고래고래 소리를 질러도 할머니는 묵묵히 할 말을 하고, 또 할 일을 하신다. 정말이지 최강이다. 나 같으면 네가 뭔데 그러냐고 불같이 화를 냈을 것이다. 여태 넙죽넙죽 잘 받아먹었으면서 감히 '그까짓 거'라니, 그게 돈으로 살 수 있는 무엇인 줄 아냐고 따끔하게 야단을 쳤을 것이다. 하지만 큰소리를 쳐야 할 할머니는 오히려 죄인처럼 고개를 숙이고, 그러면서도 전혀 감정의 동요가 없으시다. 놀라워라, 그러거나 말거나의 경지!

사실 나는 그 경지를 이해하지 못한다. 이번에도 서울 친정으로 콩이며 녹두, 떡국 떡 같은 것을 바리바리 챙겨 보내면서 몇 번씩 당부했다.

"엄마, 가져가는 것만 좋아하지 말고 가서 잘 챙겨먹어. 알았지? 나는 내가 손수 농사지어 보니까 콩 한 알도 귀하더라. 길에 콩 한 알 팥 한 알이 떨어져 있으면 그냥 지나가지 않고 그걸 주워들고 집에 온다니까. 그러니까 버리거나 썩히지 말고 알뜰하게 챙겨먹어. 이거 진짜 귀한 거야. 엄마는 딸을 잘 둬서 이런 거 먹는 줄 알아."

귀한 걸 귀하게 알아봐 주었으면 하는 마음에 나도 모르게 자꾸만 생색내듯이 말했다. 그랬더니 엄마 왈, "다른 딸들은 용돈도 주고 비행기도 태워주거든!"

그 한마디에 말문이 꽉 막히며 속이 부글부글 끓어올랐다. 엄마 마음속에 기대를 저버린 큰딸에 대한 원망 같은 것이 남아 있어서 미운 소리를 하시는 것인 줄은 알지만, 그래도 약이 바짝 올라 마음이 오그라들었다. 언제쯤 나는 감정의 동요 없이 그러거나 말거나 할 수 있을지……

우리 외할머니라면 아무 말 없이 싸주고 또 싸주고 그러고 말았을 것이다. 그러고도 뭐 더 줄 것은 없나 한없이 주고만 싶어 하고 더 주지 못해 미안해하셨을 게다. 언제쯤 나는 그런 할머니의 경지에 이를 수 있으려나? 갈 길이 멀다.

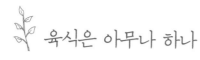 육식은 아무나 하나

얼마 전에 다울이 유치원 선생님으로부터 전화가 왔다.

"다울이 어머니, 다울이 건강 검진 결과 받으셨죠? 다울이가 빈혈이 약간 있네요. 체중이나 키도 평균치보다 떨어지고요. 우유 먹고 고기 먹는 다른 아이들에 비해서 성장이 많이 더뎌요. 성장 호르몬이나 항생제 때문에 고기를 멀리하시는 거라면 집에서 직접 짐승을 길러서라도 단백질을 보충해 줘야 하지 않을까요?"

선생님은 조심스럽게 말씀을 해주셨지만, 전화를 끊고 난 뒤에 내 마음이 편하지는 않았다. 시험 공부를 나름 열심히 했는데도 성적이 형편없어 선생님께 훈계를 받은 느낌이랄까? 건강 검진 결과가 과연 건강 상태의 척도인지에 대해서는 동의할 수 없지만, 어쨌거나 엄마로서 죄인이 된 기분이었다.

게다가 다울이마저 밥상 앞에서 "엄마, 나 고기 먹고 싶어. 나는 고기를 안 먹어서 키가 안 크는 거잖아"라고 말했을 때는 정말이지 분통이 터졌다. 실제로는 고기가 있어도 잘 먹지 않는 녀석이 다른 어른들의 생각에 너무나 쉽게 휩쓸리는 게 화가 나고 답답해서 말이다. 그래서 참지 못하고 다울이에게 버럭 소리를 쳤다.

"그렇게 고기가 좋으면 네가 직접 잡아서 먹어!"

사실 이 말은 고기를 꼭 먹어야만 한다고 힘주어 말하는 사람들에게 하고 싶은 말이다. 과연 사람들이 짐승을 기르고 잡고 요리하는 전 과정을 경험한다면 지금처럼 고기를 많이 먹을 수 있을까?

시골에 살다 보니 짐승을 잡는 광경을 종종 목격할 기회가 있는데, 정말로 피가 튀는 살육의 현장이다. 죽지 않으려는 몸부림, 숨이 끊어진 뒤에도 움직이는 살덩이, 손질이 끝난 뒤에 남겨지는 흔적들…… 그걸 지켜보는 것만도 힘든 일인데, 내 손으로 짐승을 잡는다는 건 상상조차 되지 않는다. 여태껏 닭을 키우지 않는 까닭도 잡아먹을 자신이 없어서니까.

하지만 할머니들은 누구나 능숙하게 그 일을 해내신다. 특히 닭 잡는 건 일도 아니다. 간단하게 그 과정을 이야기하자면 이렇다.

목을 비틀거나 줄로 조여서 숨통을 끊은 뒤에 뜨거운 물에 담가 털을 뽑는다.(숨이 끊어진 뒤에도 털 뽑는 동안 닭이 몸부림을 치는 경우가 종종 있다.) 털을 말끔하게 뽑은 뒤에 목과 발목을 자르고 배를 갈라 내장을 꺼낸 뒤 몸통을 먹기 좋게 토막 낸다. 그러고는 물을 끼얹어 핏물을 깨끗이 씻어내고 요리하여 먹는다.

고기가 먹고 싶다고 해서 늘상 이렇게 할 수는 없는 일이고, 제사 때나 자식들이 집에 오는 날이면 닭을 잡는다. 닭을 통통하게 살찌우기 위해 날마다 아침저녁으로 모이를 주는 수고를 수고롭다 여기지 않는 것은 물론이다. 내 경우에는 과연 저렇게까지 해서라도 고기를 먹어야 한다면 안 먹고 말겠다 싶은데 말이다.

지난 추석 명절에 마을 가까이 있는 양계장에서 집집마다 닭을 두 마리씩 돌렸을 때도 우리 집만 그 닭을 거부했다. 고기를 먹지 않아서이기도 하지만, 털옷을 입은 그대로 뻣뻣하게 죽어 있는 닭을 던져주고 가는데 그걸 어떻게 받아든단 말인가? 괜찮으니 그냥 가져가시라고 했더니 닭을 전해주러 온 이장님이 이해할 수 없다는 듯이 한마디 하셨다.

"이 집엔 스님들만 사나? 공짜로 괴기 준다고 해도 마다하는 사람들이 있네."

나는 오히려 이걸 마다하는 집이 우리 집뿐이라는 사실이 더 이상한데, 다른 집에서는 아무렇지 않게 죽은 닭을 받아 들었다. 심지어 수봉 할머니는 우리 집에서 닭을 안 받고 그냥 보냈다는 얘길 들으시고는 무척 아까워하시기도 했다.

"오메, 아까븐그. 받아뒀다가 애기들 멕이제만은……"

"아유, 됐어요. 그걸 어떻게 잡아요?"

"그거 잡는 게 뭐 어렵다고 그래싸. 정 못 하겠으면 내가 잡아주제 어째."

그러고 보니 수봉 할머니는 그야말로 진정한 육식주의자! 닭 여러 마리는 기본이요, 명절 준비를 위해 돼지를 키워 잡으시기도 하고, 산에서 끝집 아저씨가 잡은 너구리나 고라니마저도 수봉 할머니 손에서 다듬어졌다. 그리고 우리 집 콩밭을 아작 낸 토끼가 덫에 걸렸을 때도 그 토끼는 수봉 할머니 손에 맡겨졌다. 난생처음 짐승을 잡은 다울이 아빠가 어찌할 바를 몰라하다가 수봉 할머니에게 가져다준 것!

토끼가 잡혔다는 소식을 듣고 가여운 토끼 얼굴이라도 보려고 수봉 할머니 집에 달려갔더니 할머니는 그새 수돗가에서 토끼고기를 손질하고 계셨다.

"토끼 괴기 안 먹어봤제? 토끼 괴기가 담백하니 그라고 맛나.

산속에서 존 것만 먹고살아서 몸에도 좋을 것이구마. 점심 때 볶아가꼬 쌈 싸먹게 와, 잉?"

아무렇지 않은 얼굴로 입맛까지 다시며 말씀을 하시는데, 그러는 와중에도 토막 난 토끼 살덩이는 쉬지 않고 움직거리고 있었다. 그 앞에서 난 어떤 표정을 지어야 할지 몰라 뻣뻣한 자세로 서 있을 뿐이었다.

그날 이후 나는 내 스스로 결론을 내렸다.

'육식은 아무나 하는 게 아니다. 기르고, 잡고, 요리하는 전 과정을 무릅쓰는 사람만이 육식할 자격이 있다.'

과정의 중요성은 어디서나 강조되지만 고기를 먹는 문제는 더욱, 과정 전체를 바라보는 안목이 필요할 것 같다. 그래야 우리가 먹는 것이 단순히 단백질 덩어리가 아니라 생명이고 정성임을 기억할 수 있을 테니까.

실제로 옛날에는 짐승을 잡는 일이 마을 전체가 움직이는 대사건이고 의례이자 축제라고 들었다. 공동체 구성원 모두가 참여하여 짐승을 잡고, 살과 뼈를 추려 일부는 하늘에 바치고 나머지는 고루 나누어 먹고…… 그렇게 사람을 위해 목숨 바친 짐승에 대한 감사의 마음을 집단적 의례로 표현하고, 살덩이를 나누어 먹음으로 우리가 전체 속의 한 부분으로 살아가고 있음을 확인하는 과정이 있었던 것이다. 그런데 그와 같은 과정은 싹둑 잘려나가고 팩에 담긴 상품이나 조리가 끝난 음식으로만 고기를 만날 수 있다는 사실이 께름칙하기 이를 데 없다.

육식하기 쉬운 세상, 그러나 쉽게 고기 반찬을 선택하기에 앞서 한 번쯤 냉정하게 돌아보면 좋겠다. 이 고기는 어디에서 비롯되었는지, 과연 나는 고기 먹을 자격이 있는지 말이다.

나누기보다 쟁이게 만드는 냉장고

우리 집엔 냉장고가 두 대 있었다. 결혼할 때 막내이모가 선물로 사준 일반 냉장고와 화순으로 이사 올 때 친정 엄마가 사준 스탠드형 김치 냉장고. 하지만 덩치가 큰 가전 제품을 둘이나 사용한다는 게 꺼림칙해서 김치 냉장고만 쓰고 일반 냉장고는 전기 코드를 빼고 창고처럼 사용했다. 멀쩡한 걸 내다버리기는 아깝고 필요한 사람이 있으면 줘야지 하고 있었는데 마땅한 임자가 나타나지 않아서 말이다.

그러다가 지난해 겨울, 김장 김치를 다 쟁일 데가 없어서 일반 냉장고까지 사용하기 시작했다. '김치 떨어질 때까지 두어 달만 쓰자' 하는 생각이었는데, 막상 냉장고를 돌리게 되니 작동을 멈추기가 쉽지 않았다. 쟁일 데가 있으니까 자꾸만 무언가를 쟁

이게 되고, 그런 식으로 가득 채우게 되니 쉽게 비워낼 수 없는 지경에 이른 것이다.

은근슬쩍 '저온 창고 하나 됐다고 생각하고 계속 쓰면 안 될까?' 하는 생각이 올라왔다. 팥이나 들깨 같은 잡곡도 벌레 슬 걱정 없이 보관할 수 있으니 어쩌면 이게 더 경제적이라는 판단도 슬그머니 들어섰다. 날이 더워질수록 전기료도 점점 불어나고 있음을, 그게 다 냉장고 때문이라는 사실을 진작부터 눈치 채고는 있었지만 나는 그저 외면하고 싶었다.

하지만 냉장고 모터 돌아가는 소리가 날 때마다 신랑 눈 꼬리가 위로 올라가는 게 느껴져서 눈치가 보였다.

"냉장고 언제까지 쓸 거예요? 이번 달엔 전기세가 8천 원이나 나온 것 같던데."

"여름 휴가 때까지만요. 가족들 휴가 오면 이것저것 넣을 게 많아질 테니까 그때까지만 씁시다."

그렇게 둘러대고 나서 여름철 손님맞이 기간이 끝나자 나는 또 다른 핑계거리를 찾고 있었다. 그 사이에 전기료는 만 원이 넘게 나왔고, 때마침 송전탑 앞에서 눈물을 흘리는 사람들 소식에 나는 뼛속 깊은 데까지 찌릿찌릿 아픈 느낌이 들었다. 결국 결단을 내렸다.

"오늘부터 냉장고는 신발장으로 씁시다. 지금 당장! 다 비울 게요."

그리하여 냉장고는 집 밖으로 나가 신발장이 되었고, 얼마 뒤엔 냉장고가 고장 나서 쩔쩔매던 한평 할머니 집으로 옮겨졌다. 냉장고 입장에서 본다면 결국은 가야 할 자리를 알고 가게 된 것이다. 내 입장에서 본다면 진즉에 보내주어야 하는 것을 이제라도 보내주게 된 것이고 말이다.

아무튼 상당한 자리를 차지하던 냉장고가 사라지자 얼마나 속이 시원했는지 모른다. 더불어 그 두어 달 뒤엔 전기료가 3천 원대로 훅 내려가며 예년과 비슷한 상황이 되었음을 확인하게 되어 마음도 한결 가벼워졌다. '이 정도 전기 요금이라면 양심의 가책을 덜 느껴도 되겠지? 그래, 이 정도면 잘살고 있는 거야' 하고 알게 모르게 괴상한 자부심까지도 느끼면서.

그런데 그때, 쌍지 할머니가 전기 요금 고지서를 들고 나타나셨다.

"안 바쁘면 이것 좀 봐줘. 까막눈이라서 귀찮게나 하고 말이여……"

"귀찮긴요. 주세요. 전기 요금 내라고 온 건데, 그게……"

요금이 얼마 나왔나를 확인하다가 나는 몇 번이나 내 눈을 의

심했다. 전기 요금이 0원이라니…… 어떻게 이런 일이! 그러니까 정확히 말하자면 전기 요금은 980원 정도였는데, 할머니가 기초 생활수급자라 복지 할인을 받으니 0원이 된 것이었다.

깨갱! 결국 난 쌍지 할머니 앞에서 고개를 푹 숙이고 말았다. 가전 제품이라면 할머니 키 정도나 되는 작은 냉장고와 요즘 보기 드문 아주 작은 텔레비전만을 두고 사시는 할머니 앞에서, 나는 정말 아무것도 아니었던 것이다.

뭐 혼자 사시니까 그럴 수도 있지만, 혼자 살면서도 냉장고를 두 개, 세 개씩 두고 사는 할머니들도 많지 않은가. 요즘은 시골에서도 김치 냉장고가 필수니까 냉장고가 두 개씩 되는 건 예삿일이다. 심지어 양문형 냉장고 바람이 불면서 작동 잘되는 멀쩡한 냉장고를 두고 양문형 냉장고를 새로 들여 세 대를 가동시키는 일도 적지 않다. 냉장고가 많아지면 또 그만큼 집어넣을 것도 많아지는 법이니까. 아니, 냉장고를 믿고 자꾸만 집어 넣을 것을 늘리게 되는 것이리라. 냉장고 크기나 개수만큼 욕심도 불어나는 거라고나 할까?

이런 상황에서 불어나는 전기 요금은 오히려 자랑이 된다. 내가 사용하는 전기량이 부의 척도가 되는 양 여겨지니 전기 아까운 줄을 모른다. 전기는 눈물을 타고 흐른다는데 그저 내 돈 내고 내가 쓰는데 뭐가 문제냐는 식이다. 있는 사람이 펑펑 쓰는 게 미덕인 양 칭송받는 사회에서, 욕심의 크기를 늘리고 절제 없이 욕망하는 건 너무나 바람직하고 자연스러운 일이 되어버린 것이다.

한 예로 지난가을, 밤 줍기에 열을 올리던 어르신 한 분은 결국 냉장고를 새로 하나 더 들이고, 마을회관 냉장고에까지 밤을 저장하기에 이르렀다. 밤만 먹고 사시려나 싶게 꼭두새벽부터 헤드랜턴을 쓰고 나와 밤을 줍고, 다른 경쟁자에게 으르렁거리시곤 했다.

그걸 지켜보는 심정이 씁쓸했다. 냉장고가 없던 시절엔 먹을거리의 유효 기간이 훨씬 짧았을 것이다. 그러니 음식은 그때그때 나누어 먹는 것이 상식이고 일상이었을 텐데 냉장고가 그와 같은 삶을 완전히 뒤바꾸어놓은 것 같다. 나누기보다 쟁이는 데 익숙한 삶으로 말이다.

그런 의미에서 나는 냉장고를 요물이라고 부르고 싶고, 작은 냉장고를 가지고 넉넉하게 살아가는 쌍지 할머니가 참으로 존경스럽기만 하다.

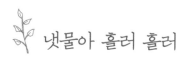 냇물아 흘러 흘러

잠자리에 드는 시간, 다울이와 한참 동안 죽음에 대한 이야기를 나누었다. 요새 다울이는 잠들 무렵만 되면 온갖 무서운 생각들에 시달리는가 보다.

"엄마, 난 죽는 게 싫어. 하느님은 왜 사람을 죽게 만들었지?"

"사람뿐 아니라 생명이 있는 건 다 죽어. 죽어야 다시 태어나지. 죽으면 끝이 아니라 네가 살고 싶은 모습으로 다시 태어나는 거야."

"그래도 싫어. 죽으면 엄마도 못 만나고 아빠도 못 만나고 다 못 만나잖아."

"아니야. 다 만날 수 있어. 하느님이 다 만나게 해주셔. 할머니, 할아버지, 우리가 사랑하는 사람들…… 다 만나게 해주셔."

"정말이야? 하느님이 엄마한테 그렇게 말했어?"

"응. 그러니까 아무 걱정 말고 얼른 자. 자는 것도 사실은 죽는 거야. 자고 나면 아침에 우린 또 만나게 되지? 또 만날 거니까 걱정 말고 자."

다울이를 안심시키며 나는 나를 위로한 건지도 모르겠다. 죽으면 끝이라고 생각하면 얼마나 두렵나? 죽음이 사랑하는 사람들과의 영영 이별을 뜻한다면 얼마나 슬픈가? 하지만 끝이 아닐 거라고, 언젠가 다시 만날 거라고 믿으면 마음은 한없이 평온해진다. 그렇게라도 마음을 달래야 삶에 집중할 수 있다.

갑자기 이런 얘기를 꺼내는 까닭은 얼마 전에 소리실 할머니께서 돌아가셨기 때문이다. 그러니까 가을걷이로 온 동네 고양이들까지 바쁘던 시월의 어느 날 아침, 다울이를 유치원에 데려다주는 스쿨버스 도우미 선생님이 우리 집까지 허둥지둥 달려오셨다.

"냇가에 웬 사람이 빠져 있는데요, 아무래도 이 동네 할머니이신 것 같아요."

그 얘길 듣는 것만으로도 심장이 뛰었다. 대체 무슨 일일까? 차마 겁이 나서 가보질 못하고 다울이 아빠를 보냈더니 얼른 소리실 할머니 가족들한테 연락을 하란다. 할머니께서 돌아가셨다고. 그래서 할머니 집에 가서 할머니네 안방 벽지에 적힌 자식들 이름

중 하나를 택해 전화를 했다. 손가락이 부들부들 떨렸고 목소리도 흔들렸다. 하지만 애써 정신을 가다듬으며 119에도 연락을 했다.

내가 연락을 하고 나온 사이 온 마을 사람들이 사고 현장 가까이에 모여 있었다. 조용했던 마을은 놀람과 흥분으로 들썩이고 있었다.

"죽을라고 그랬는갑서. 어즈께 낮에 우리 밭에서 헤매고 다니길래 집에 데려다났더만 언제 또 나와서 상추 심어놓은 자리를 다 밟아놨어. 그래가꼬 무담시 댕기다가 자빠지지 말고 집에 콕 들어가 있으라고 했는디 어쩌자고 또 냇가로 갔데?"

"그랑께 광덕떡 상추를 동티떡 상추인 줄 알았구만. 내가 해거름에 집이 오는디 소리떡이 벼람빡(담벼락)을 잡고 내려오길래 어디 가냐고 했드만 동티떡 상추 값 주러 간다더만. 그람시로 꼬치 다듬을 일 있으믄 하룻저녁 해준닥 해서 '아따, 말이라도 고맙소. 난중에 부를께라' 하고 올라왔는디 그게 마지막일 줄은 몰랐네이. 참말로, 소리떡 짠해서 어쯔까이."

"오후께 우리 집이 왔었는디 팥 추리느라 바빠서 밥도 못 주고…… 밥이라도 한 그릇 멕여 보낼 건디…… 내가 안 바빴으믄 소리떡 안 죽었을건디……"

"밤새도록 개가 짖더랑께. 내가 잠이 안 와서 새벽 세시가 넘

155

도록 불을 써놓고 밤을 깠어. 뭐할라고 냇가로 갔으까이. 우리 집이라도 들어와서 쉬제마는. 암만해도 아들이 데려갔는갑서."

"긍께 말이여. 아들이 데려갔당께."

할머니들 대화 속에서 소리실 할머니의 마지막 하루를 짐작할 수 있었다. 평소 같으면 이 집 저 집 다니며 무료함을 달래기도 하고 밥도 얻어 드셨을 텐데, 사람들이 온통 바쁜 와중이니 어디에도 머물지 못하고 헤매고 다니셨던 게다. 그러다가 길을 잘못 들어 광덕 할머니 밭으로 들어가서 한참을 고생하시고, 상추를 다 밟아놨다고 미운 소리까지 얻어 들으시고는 상추 값을 갚겠다고 더듬거리며 다시 집을 나서셨던 게다. 그러던 것이 어쩌자고 냇가 쪽으로 발걸음을 옮기셨던 걸까?

최후 목격자인 기명이의 진술에 따르면 저녁 일곱시쯤 할머니께서 냇가 위 다리 쪽에 앉아 계셨다는데, 대체 왜 그곳에 앉아 계셨던 걸까? 다른 할머니들 추측대로 저수지에 빠져 죽은 할머니 큰아들의 넋이 할머니를 데려간 걸까?

생각해 보면 그동안 소리실 할머니가 좀 이상하긴 했다. 누군가 자기를 잡으러 올 거라며 두려움에 떨며 우시기도 했고, 요새 들어 길을 잃고 여기저기 헤매시는 일도 잦았다. 그런가 하면 얼마 전에는 할머니가 노래를 흥얼거리시기에 무슨 노래냐 여쭈었더니 저승으로 얼른 데려가 달라는 노래라며 죽고 싶단 말씀을 하시기도 했다.

하지만 나는 나 사는 게 바빠서 할머니 말씀을 대수롭지 않게 흘려들었다. 자녀분들이 자주 찾아오지 않아 외롭고 서글퍼서 그러시는 줄로만 알았지, 이별을 예감하는 징조인 줄은 꿈에도 몰랐다. 아마 다른 마을 분들도 마찬가지였을 게다. 이렇게 갑자기 소리실 할머니와 이별하게 될 줄은 아무도 몰랐을 거다.

그러니 어찌 후회나 아쉬움이 없을까? 더구나 할머니가 안 좋은 모습으로 임종을 맞이하셨기에 남겨진 사람들의 안타까움과 죄책감은 이루 말할 수가 없다. 우리가 좀 더 관심을 기울였다면 이 죽음을 막을 수 있지 않았을까? 우리가 좀 덜 바빴더라면, 우리가 좀 더 따뜻하게 대했더라면……

냇가에서 건져 올린 할머니 시신 위에는 새하얀 꽃무늬 이불이 덮여졌다. 그걸 본 요양보호사 아주머니가 눈시울을 붉히며 말했다.

"이럴라고 저 이불을 애꼈는갑서. 할머니가 눈은 안 보여도 할머니 살림을 훤히 알거든. 어쩌다 새 이불을 꺼내놓으면 막 화를 냈어. 좋은 놈은 자식들 올 때 덮으라고 줘야 한다고…… 그러더만 마지막 날 덮고 계시네. 저럴라고 애꼈는갑서."

그 애길 듣는데 내가 아는 다른 사연들까지 줄줄이 사탕처럼 떠올랐다. 큰따님이 온다며 아침 일찍부터 마을 어귀에 나와 하염없이 기다리셨던 거하며, 일주일에 한두 번씩은 아들딸 목소리가 듣고 싶다며 전화 눌러달라고 찾아오셨던 거, 막상 전화를 걸면 다들 바빠해서 몇 마디 나누지도 못하면서 자식 자랑에 침이 마를 정도이셨던 거……

어쩌면 소리실 할머니는 외로움보다 기다림에 지쳐 저세상으로 떠나신 건지도 모르겠다. 저세상에는 더 이상 하염없는 기다림이 없을 테니까. 그저 냇물처럼 흘러 흘러 만나고 싶은 이들을 다 만날 수 있을 테니까.

할머니가 돌아가신 뒤 할머니 집에서 현금 2천만 원이 발견되었다는 소문이 들려왔다. 은행도 못 미더워서 장애 연금이 나오면 꼬박꼬박 찾아와 집 안 비밀스런 곳에 숨겨두었을 할머니 살아생전 모습이 떠오른다. 오로지 자식에게 남겨주려고 본인은 찌그러진 냄비 뚜껑의 손잡이 하나까지 고쳐가며 사셨지. 자식들은 그 마음을 알까? 알아주지 않아도 괜찮다며 눈물지으시겠지?

할머니 돌아가신 다음날, 하루 종일 비가 참 많이 왔다. 그 비를 보며 마을 사람들은 한 목소리로 말했다. 이건 소리실떡 눈물이라고, 이제 그만 좀 울면 좋겠다고.

나도 마음속으로 조용히 기도드렸다. 빗물과 함께 흘러가는 냇물에게 할머니를 잘 부탁드린다고, 흘러 흘러 그곳에선 부디 아픔도 슬픔도 없이 두 눈 환히 뜨고 편안하셨으면 좋겠다고. 정말이지 소리실 할머니가 고단했던 전생의 꿈일랑 훌훌 털어버리고 해처럼 환한 얼굴로 다시 태어나시면 좋겠다.

텅텅 빌 때까지 퍼주고 또 퍼주고

동래 할머니 마당이 횅하다. 넓은 마당의 절반 이상을 차지하고 있던 콩이 자취를 감추었기 때문이다.

"어머, 마당이 허전하네요. 콩 타작을 어찌 하셨대요?"

동래 할머니께 여쭈었더니 그냥 웃기만 하시고, 할머니 집에 오시는 요양보호사 아주머니가 대신 대답을 하신다. 도시 사는 아들이 와서 다 거두어갔다고. 씨로 쓸 거 한 주먹만 남겨놓고 나머지는 다 아들 집으로 보내셨단다.

"할머니가 꼬부라진 허리로 날마다 풀매고 물 주고 한 거 자네도 봤제? 이날 평생 자식 먹여 살린다고 고생했음시로 이때껏 자식 입에 들어가는 것밖에 모른당께. 부모 마음은 끝이 없어 끝이……"

"그러게요. 정말 끝이 없나 봐요."

요양보호사 아주머니 말씀에 맞장구를 치며 아흔 넘은 할머니가 이럴 정도인데 다른 집은 어떨까 싶었다. 아니나 다를까 수봉 할머니도 아들 차에 이것저것 실어 보낸 이야기를 한참이나 하신다.

"쌀 세 가마에, 대봉 감 한 상자, 사돈 것까지 고칫가리 스무 근, 며느리 이모 줄 고칫가리도 여섯 근, 무시 한 자루, 지름 두 병……"

"그렇게나 많이 보내셨어요? 차 바퀴가 찌그러졌겠네. 사돈도 모자라서 사돈 친척까지…… 뭘 그렇게 많이 퍼주신대요?"

"아따, 줘야제. 사돈이 나한테 겁나 잘한단 말이여. 나도 공을 갚어야제. 농사지어서 나눠 먹는 것도 사는 재미여."

수봉 할머니야 농사짓는 땅이 넓으니까 퍼줄 게 많아서 그렇다 치고, 땅 없어서 농사 못 짓겠다는 한평 할머니는? 마찬가지다. 적으면 적은 대로 무엇이든 거두기만 하면 자식들 퍼줄 생각부터 하신다. 고구마를 한 줄밖에 안 심어서 캘 것도 없다 하시더니만, 고구마를 캐자마자 아들한테 전화부터 하시는 걸 보면 말이다.

"고구마 캤다. 겁나 굵게 들었어. 택배로 보낼랑께 쪄 묵어라이. 땅콩도 까났응께 같이 보낼란다……"

내가 옆에서 듣고 있다가 한마디 했다. 가지러 온다면 모를까 뭐하러 보내느냐고. 그랬더니 "주고 자픈디? 뭐 있으믄 다 주고 자퍼"라고 대답하시며 그리움에 젖은 눈망울을 보이신다. 우리 마을은 택배 보내기도 성가신데(외진 곳이라 택배 기사가 찾아오지 않는다. 면까지 가지고 나가서 부쳐야 한다) 주고 싶은 마음에 불편도 마다하지 않으시는 게다. 줘도 줘도 또 주고 싶은 마음에……

그 얘길 들으며 문득 어렸을 때 추억 가운데 한 장면이 떠올랐다. 무거운 보따리를 바리바리 챙겨들고 서울에 오셨던 외할머니…… 당시에는 택배가 활성화되어 있는 때가 아니어서인지 할머니는 가을걷이를 마치면 농산물을 이고 지고 서울로 올라오셨다. 무거운 배낭을 어깨에 메고 양 손에는 바윗덩어리 같은 보따리를 몇 개나 쥐고 말이다.

어렴풋한 기억 속에서 할머니 보따리는 별별 것이 다 쏟아져 나오는 요술 주머니였다. 참기름 몇 병, 단감 한 봉지, 쑥떡, 된장, 콩이나 팥 같은 것들…… 어린 마음에도 할머니가 들고 오시느라 많이 힘드셨겠다 싶어 마음이 아프고 그랬다. 6남매에게 고루 나눠주고 나면 한 사람 앞으로 돌아가는 몫이 얼마 안 된다며 미안한 표정을 지으시는 할머니가 가여워서 속울음을 울기도 했다.

부모 마음은 이렇게 끝이 없는데 자식들은 그 마음을 알기나 알까? 봄부터 가을까지 땡볕과 비바람, 모기떼를 견디어가며 일군 먹을거리들을 오롯이 자식 품에 안겨줄 생각으로 하루하루 살아냈을 부모 마음을 말이다. 올해는 풍년이라 콩이며 쌀이며 다 헐값이라는데, 부모들이 실어 보낸 농산물이 자식들에겐 돈 몇 푼 안 되는 값싼 먹을거리로만 여겨지는 건 아닐까 걱정이 앞선다.

더불어, 아직까지는 내 입에 들어갈 먹을거리를 가꾸는 데만 골몰해 있는 나를 돌아보게 된다. 나도 언젠가는 자식에게, 또는 누군가에게 퍼주려고 농사짓는 그날이 올까? 그날을 기꺼이 손꼽아 기다릴 수 있는 마음이 되길, 텅 빈 들녘을 바라보며 간절히 기도 올린다.

외면당하는 할머니 밥상

지난해 겨울, 우리 집에서는 작은 요리 교실이 열렸다. 수강생이라 봤자 수봉 할머니 집 손자 기명이와 손녀 수빈이, 그리고 우리 집 다울이까지 세 명. 기명이가 겨울방학을 끝으로 중학생이 될 거라 뭔가 특별한 선물을 해줄 게 없을까 해서 기획한 일이었다.

수업 날짜가 딱히 정해져 있는 것도 아니고 시간이 될 때마다 만나서 함께 떡볶이, 김밥, 과자, 붕어빵, 머핀, 만두, 피자 등을 만들었는데, 되도록 재료는 집에 있는 것을 활용하는 방식으로 했다. 예를 들어 김밥을 만든다면 단무지, 햄, 시금치나물 같은 공식 없이 김치 볶아 준비하고 묵나물 있는 대로 넣고, 동치미 무 잘라 넣는 정도의 김밥이었고, 과자도 잡곡 가루에다 물과 소금, 약간의 설탕, 거기에 우리가 직접 껍질을 깐 해바라기 씨만으로 반죽을 하여 만들었다.

그럼에도 아이들은 자기들이 만든 음식을 게걸스럽게 먹어댔다. 자기들이 만들었다는 데 대한 자부심이 더해져서일까? 시중에서 파는 과자에 비하면 훨씬 거칠고 딱딱한 과자도 아무런 불평 없이 우둑우둑 씹어 먹고, 호박나물 말린 것과 신 김치, 두부 정도만 넣은 만두도 접시에 놓자마자 순식간에 사라지는 놀라운 광경이 연출되었다.

나는 내가 의도한 대로 흘러가는 상황을 만족스럽게 지켜보면서 은근슬쩍 세뇌 교육을 시켰다. 먹을거리의 중요성, 식품 첨가물의 독성, 지나친 육식 위주 식단의 폐해…… 학교에서 가르쳐주지 않지만 꼭 알아야만 하는 것들을 내가 아는 한도 내에서 설명했다. 내 말뜻을 전부 다 이해하지는 못하더라도 최소한 밖에서 사 먹는 자극적인 음식보다 집에서 손수 만들어 먹는 투박한 음식이 값지다는 사실을 깨닫기 바라는 마음에서 말이다. 결국 내가 말하고자 하는 바의 요지는 이거였다.

"너희 할머니가 세상에서 가장 훌륭한 요리사인 거 알아? 음식 솜씨 좋은 할머니와 사는 건 너희들 복이다 복! 할머니 음식하시는 거 눈여겨보면서 잘 배워둬. 그것만 잘 배워도 살아가는

데 큰 밑천이 된다."

실제로 수봉 할머니는 명실상부한 음식의 달인이다. 농사일이 바쁜 와중에도 각종 나물로 장아찌 담그지, 민들레 김치, 상추 꽃대 김치 등 철철마다 각종 김치 다 담그지, 집장이라고 해서 일반 메주와는 다른 특별한 방식으로 만든 메주로 감칠맛 나는 장까지 담그신다. 그뿐만 아니라 다슬기 철엔 다슬기와 죽순 넣고 푹 삶은 다슬기국, 가을 찬바람 나기 시작할 땐 냇가에서 잡은 민물고기를 들깻잎과 풋고추 넣어 볶은 색다른 계절 음식까지! 이만하면 무궁무진하지 않은가? 게다가 같은 보릿국을 끓이더라도 수봉 할머니가 끓이면 깊은 맛이 나니 수봉 할머니 손끝엔 뭔가 특별한 것이 있는 게 분명하다.

그러니 그런 할머니와 함께 사는 건 빈말이 아니라 정말 엄청난 복이라고 생각한다. 아이들이 할머니 곁에서 그 솜씨를 배워둔다면 그 어떤 훌륭한 요리 학교에서 공부한 요리사보다 한 수 위일 거라고 확신한다. 반드시 직업으로 요리사가 되라는 말이 아니라 요리 기술과 솜씨, 맛에 대한 안목이 있다면 훨씬 더 풍성한 삶이 펼쳐지지 않을까? 아이들이 할머니 요리의 진가를 알기만 한다면, 그들 인생엔 넘치는 축복이 임하리라.

그런데! 중학생이 된 기명이는 미친 듯이 라면과 과자, 탄산 음료에 빠져들었다. 아침부터 아이스크림을 먹으며 나타나질 않나, 보기만 해도 섬뜩한 탄산 음료수를 1.5리터 병째로 들이키질 않나, 그런가 하면 날이면 날마다 가방 가득 라면을 채워 넣고 등교를 했다.

"학교에서 급식 안 나오냐? 라면은 왜 들고 가는 거야?"

"아침 자습 끝나고 친구들하고 뽀글이 해 먹을 거예요."

"뽀글이? 그게 뭐야?"

"라면 봉지에다 뜨거운 물 부어서 봉지째 들고 먹는 라면이에요. 그거 안 먹어보셨어요? 진짜 맛있는데."

"그러고 보니 기명이 넌 그 재미로 학교 가는구나?"

"네!"

"네가 아직 어려서 내 말이 실감이 안 나겠지만 너 그러다가 몸 축난다. 네가 먹는 음식이 네 몸과 마음을 만들어가고 있다는 사실 잊지 마. 언젠가 지금 네가 하는 행동에 책임져야 할 때가 올 테니까."

이렇게 협박 아닌 협박까지 해가며 잔소리를 늘어놓았지만, 한창 말 안 타는 중학교 1학년 나이에 내 말이 곧이곧대로 들릴지는 의문이다. 보아하니 할머니한테 받은 용돈도 거의 군것질하는 데 쓰는 모양인데, 이걸 할머니께 살짝쿵 일러주어야 하나 말아야 하나…… 그걸 고민하고 있는데 며칠 전에 수봉 할머니가 우리 집에 찾아와 먼저 말씀을 꺼내셨다.

"우리 아그들 땜시 걱정이여. 집에 사과며 고구마며 먹을 게 시글시글헌디 처먹들 않는당께. 마트서 과자 같은 거 사다 먹은께 입맛이 없는갑서. 어젯밤에도 밥을 솥으로 하나 해놓고 토란국 끓여서 밥 차려놨드만 컵라면 끓여 먹고 앉었어. 오메, 속상해 죽겄어. 할머니가 쎄빠지게 일해서 용돈을 줬으믄 애껴가며 써야 할 거 아니여. 우짤라고 있는 대로 다 사 먹고 그라는지 모르겄어."

마침내 눈물까지 글썽이시는 수봉 할머니 앞에서 나는 어떤 위로의 말씀을 드려야 할지 몰랐다. 이건 비단 기명이만의 문제가 아니라 이 땅을 살아가는 거의 모든 아이들이 처한 문제이고, 우리가 맞닥뜨린 아주 중대한 난관임이 분명한데, 도대체 어떻게 해답을 찾아가야 할까?

아무튼 올 겨울에도 반드시 요리 교실을 열자. 지난해와는 또 다른 상황이 펼쳐지겠지만 그래도 꿋꿋이 함께하자. 내가 할 수 있는 일은 그것뿐이다.

메주를 만들 때는 메주가 되어야

서울에 볼일이 있어 다녀오느라 열흘 넘게 집을 비웠더니 일상의 리듬이 뚝 끊어졌다. 양념을 어디에 뒀는지 반찬거리는 뭐가 있는지 마른 장작이 어디에 쌓여 있는지 도통 기억이 나지 않는다. 그뿐만 아니라 정리할 옷가지가 방 하나 가득 차서 널브러져 있고, 식탁 위에는 그릇이 수북하니 나와 있고…… 집 안팎 구석구석이 죄다 내 손길 닿기만을 기다리고 있다.

이런 상황에서 신랑은 얼른 메주부터 쒀야 하지 않느냐며 채근을 한다. 언제까지 미룰 수만은 없는 일이니 날이 좀 푹할 때 얼른 해치우자는 것. 얼떨결에 그러자고 대답을 했더니 당장 메주 쒈 준비를 하기 시작했다. 나 없는 사이 미리 추려놓은 콩을 깨끗이 씻고, 조리질을 해서 돌을 고르고, 물에 담가 불리고……

신랑이 이렇게 서두르니 별 수 있나, 나는 정신이 반쯤 돌아온 상태에서 가까스로 지난해 메주 쑤던 날을 떠올려보게 되었다. 가마솥에 콩을 얼마만큼 채워야 하는지 몰라 더 넣었다가 뺐다가 허둥거렸던 거, 불 조절을 못한 탓에 콩물이 끓어 넘쳐서 쩔쩔매던 거, 메주에 푸른곰팡이가 피어서 큰일 난 줄 알고 속상해했던 거…… 책을 뒤적이고 인터넷을 찾아보며 나름 철저하게 자료 조사를 한다고 했음에도 실전은 오리무중이었더랬다. 과연 이번엔 잘할 수 있을까?

"지난해 콩 한 말이 가마솥에 다 안 들어가서 고생했던 거 생각나죠? 그래서 올해는 가마솥에 들어갈 만큼씩 이틀에 걸쳐서 메주 쑤기로 했던 것 같은데요."

신랑의 말에 나도 기억이 떠올랐다.

"아 맞다. 그래요 그럼. 닷 되씩 이틀 작업하는 걸로 합시다."

그렇게 해서 다음날 아침 해 뜨자마자부터 신랑은 가마솥을 씻어 퉁퉁 불은 콩을 안치고 불 때기에 돌입했다. 이제 메주 냄새 날 때까지 콩을 푹 삶기만 하면 되리라. 그런데 대체 얼마나 푹? 그러고 보니 지난해에도 그걸 몰라서 난감해했었지?

나는 얼른 한평 할머니 집에 가서 우리가 메주를 쑤고 있음을 알려야 했다. 그래야 감 놔라 배 놔라 옆에서 참견해 주실 테니까.

"할머니. 저희 오늘 메주 쒀요."

"메주 쑬라고? 그라믄 머리 빗지 말어. 머리 빗으믄 메주서 멀 카락 난께."

"네?"

이게 뭔 소린가 싶어서 눈이 휘둥그레진 나를 보고 한평 할아 버지께서 풀이를 해주신다.

"옛말에 그런 말이 있어라우. 메주 쑤는 날 머리를 빗으믄 메 주서 머리카락이 자란다고……"

메주에서 머리카락이? 그 얘길 들으니 갑자기 긴 머리를 풀어 헤친 메주 귀신의 모습이 떠올라 머리털이 곤두서는 듯했다. 메 주가 무엇이길래 거기에서 머리카락이 자랄 수도 있단 말이냐? 하지만 괜찮다. 오늘 난 머리를 빗지 않았으니. 평소에 머리 안 빗는 습관을 들여온 게 얼마나 다행스러운 일인지, 난 내세울 것 없는 습관에 머리를 조아렸다. 이런 게으른 습관에 감사하는 날 이 올 줄이야.

아무튼 이렇게 고하고 나서 집으로 돌아오니 가마솥에 물이 넘쳐서 신랑이 진땀을 빼고 있었다.

"된장 넣으면 끓어 넘치지 않는다면서요. 된장 안 넣었어요?"

"넣긴 넣었는데 너무 조금 넣었나?"

그렇게 머리를 긁적거리고 있는 사이 한평 할머니가 오셨다.

"물이 모지란디? 한 바갈치 더 넣어. 물 없으믄 탄내 나서 못 묵어."

"아까 한눈파는 사이에 물이 넘쳐서 그래요. 그냥 이대로 삶죠 뭐."

"물 잔 더 넣으랑께. 그냥 두믄 탄내가 풀풀 난단 말여. 그라고 인자 불 그만 때도 되겠네. 그만 때고 점심 묵고 나서 이따 또 때."

"왜요? 한 번에 푹 삶는 거 아니에요?"

"아니여. 한 번에 삶으믄 콩이 피래. 뒀다가 또 때야 콩이 삘개져."

삶은 콩이 파랗고 빨갛다니 그건 또 무슨 소리? 도무지 알 수 없는 말이지만 할머니가 시키는 대로 하기로 했다. 그랬더니 정말 삶은 콩에서 붉은빛이 감도는 거다. 아, 신기해라.

그걸 우리 신랑이 개조한 수동식 가는 기계(고장 난 고추 갈이 기계에 모터를 떼어내고 대신에 손잡이를 달았다. 항해사가 배를 운전하듯 빙빙 돌리면 작동한다)에 넣고 갈아서 예쁘게 메주를 빚었다. 지난해에 메주를 너무 작게 만들어서 매달기가 어려웠던 관계로 이번엔 메주틀에 넣고 큼직하게 모양을 잡았다. 그랬더니 옆에서 또 참견하시는 한평 할머니의 한 말씀.

"다 똑같이 맨들지 말고 가지가지로 맨들어. 큰 것도 있고 작은 것도 있고 해야 써."

"작년엔 너무 작다고 나무라셨잖아요. 근데 이번엔 작은 것도 만들라고요?"

"이. 그래야 좋게 뜨는 법이여."

"아 네……"

대체 왜 그래야 하는지 납득할 수 없었지만 할머니 말씀대로 하기로 했다. "왜요?"라고 따져 묻는다고 해도 명쾌한 대답을 얻을 수는 없을 거라는 사실을 잘 알기에 그냥 수긍하기로 한 것이다. 경험에 뿌리박은 지혜는 이렇듯 '그냥 그래야 하는 것'이므로.

때마침 짚풀 이부자리에 누워 매혹적인 자태를 뽐내는 메주 덩이들도 나에게 이렇게 말하는 듯했다.

"저처럼 이렇게 몸을 맡기세요. 내가 어떻게 해야지 하고 덤벼들지 말고 왜 그래야 하는지 따져 묻지 말고 다 알아서 해주십사 놓아버리세요."

그 말이 맞다. 메주를 만들 때는 메주가 되어야 한다. 공손하게 모든 걸 맡긴 채로 먼저 경험한 이들의 가르침에 귀 기울이고 시키는 대로 묵묵히 일하면서…… 더군다나 이제 메주는 더 큰 도약을 눈앞에 두고 있지 않은가. 이제부터는 더 이상야릇하고 오묘한 단계로 돌입해야 하니, 눈 질끈 감고 미지의 세계로 뛰어들어야 하리라. 적당한 온기와 습기, 그 안에서 곰팡이 친구들이 꼬여들어 삶은 콩 덩어리를 전혀 새로운 차원으로 도약시켜 줄 그곳으로!

그런데 잠깐! 적당한 온기라면 도대체 몇 도쯤 되는 거지? 이번엔 조금 더 말이 잘 통하는 수봉 할머니께 여쭤볼까?

"너무 뜨거와도 안 되고 덜 뜨거와도 안 돼아. 너무 뜨거우믄 메주가 안 뜨고 거죽만 깨까시 말라불더랑께. 메주가 추우믄 검은곰팡이가 나불고. 그랑께 불 조절을 잘해야 써."

"어떻게 잘이요?"

"워따, 그걸 어떻게 말로 혀. 집이가 적당히 알아서 해야제."

수봉 할머니는 빙긋이 웃으시는데 나는 속이 답답하기만 했다. 아, 도대체 어떻게 잘해야 한단 말인가? 경험이 얼마만큼 쌓여야 헤매지 않고 길을 찾아갈 수 있을지, 과연 나에게도 감이 생기는 날이 오기는 올는지 아득하기만 했다. 에잇, 그냥 느낌대로 가는 수밖에.

결국 정답은 죽이 되든 밥이 되든 부단히 해보며 경험을 쌓아가는 것뿐이리라. 한평 할머니나 수봉 할머니도 실패할 때가 있었다고 고백하지 않으시던가. 숱한 경험 속에서 이러면 되겠구나 안 되겠구나 몸소 배우고 깨치며 길을 찾아가야 하리라. 내 나이 아직 서른 중반이니 앞으로 수많은 실패 속에서 지혜를 쌓아갈 수 있는 세월이 많이 남아 있다. 그러니 얼마나 다행한 일인지······

아무튼 메주가 잘 뜨기를, 이제부터 내가 할 수 있는 일은 기도뿐이다.

나도 강아지랑 뽀뽀할 수 있어

따스한 햇볕이 겨울 추위를 누그러뜨리는 한낮이면 쌍지 할머니 집에 놀러 간다. 할머니 집에 가면 귀여운 친구들이 우리를 기다리고 있기 때문이다. 바로 태어난 지 얼마 안 된 일곱 마리 강아지들! 그 여린 생명들이 꼬무락거리며 움직이고 마당 이곳저곳을 쑤시고 다니는 모습을 보면 시간 가는 줄을 모른다.

사실 처음엔 좀 망설여졌다. 여기도 강아지 똥, 저기도 강아지 똥…… 가뜩이나 지저분한 마당에 똥까지 그득하니 마음 편히 발을 디딜 수가 있어야 말이다. 내 경우엔 주의 깊게 살펴보고 조심스레 발을 옮긴다지만 아이들은 그게 안 되지 않은가. 분명 똥은 안 보고 강아지만 보고 내달릴 텐데 그러다가 신발은 물론이요 옷에까지 똥칠을 하는 건 아닌가 염려가 되어서 억지로 아이들 손을 잡아끌기도 했다.

"강아지들 낮잠 잘 시간이야. 다음에 놀러 오자."

"싫어. 지금 놀고 싶어."

"그만 가자니까. 바로 앞에 똥 있으니까 조심하고……"

"많이 놀고 가고 싶어. 나 강아지 좋아한단 말이야."

말로 자기 주장을 펼치는 다울이는 물론이요, 말을 제대로 못하는 다랑이까지도 격렬한 몸부림으로 저항하니 나는 두 손을 들고 말았다.

"그래, 내가 졌다. 니들 마음대로 놀아봐라."

그리하여 점심 먹고 나서 잠깐씩 쌍지 할머니 집에 놀러 가는 것이 단골 코스가 되어버렸다. 그때쯤이면 쌍지 할머니네 강아지들도 점심밥을 먹고 활달하게 노는 시간이라 아이들과 강아지들은 함께 노는 재미에 푹 빠진다. 누가 강아지인지, 누가 사람 새끼인지 모를 정도로 뒤섞여 쫓고 쫓기고 안기고 안아주며 눈빛을 빛내고 마음껏 소리를 지르는 동심이여!

헌데 그 곁에서 지켜보는 어미 개는 몹시 불안하고 초조한가 보다. 새끼들이 남긴 밥을 먹다 말고 벌떡 일어나 강아지들에게서 눈을 떼지 못하는 걸 보면 말이다. 날마다 들이닥치는 꼬맹이들에게 자기의 분신이나 다름없는 새끼들을 빼앗기는 건 아닌가 싶어 경계심을 풀지 못하는 것 같다.

마찬가지로 아이들이 행여 똥을 밟거나 똥 위로 쓰러지는 건 아닌지, 강아지를 껴안다가 진드기라도 옮아오는 건 아닌지 주시하느라 신경이 곤두서 있는 나! 그러고 보니 어린 것들이 동심으로 묶인 한 패라면 어미 개와 나는 모정의 탈을 쓴 긴장감으로 묶인 한 패라는 말씀?

이런 상황에서 쌍지 할머니가 나오셨다. 할머니의 등장에 강아지들은 할머니 품으로 쪼르르 달려들고 어미 개한테 하듯이 애정 표현을 한다. 그러면 할머니는 "오메, 이쁜그……" 소리를 연발하며 입을 맞추고 얼굴을 부비며 강아지를 어루만진다. 마치 어미 개가 자기 새끼를 대하듯 자연스러운 모습이라 나는 속으로 화들짝 놀라고 말았다.

그 정도 몸짓이 뭐 그리 놀랍냐고? 개 키우는 사람은 으레 그러지 않느냐고? 맞는 말이다. 나도 개 키우는 사람들이 개를 호들갑스러울 정도로 예뻐하는 모습을 자주 봐왔으니까. 하지만 그 경우에는 개가 사람 행세를 하며 애정을 나누는 것으로 비춰지는 데 반해, 쌍지 할머니는 사람이 개가 된 것 같은 묘한 분위기를 풍기니 놀랄 수밖에 없었던 것이다. 지금 내 앞에 있는 저분이 과연 사람인지 개인지 모를 정도로 개에 가까운 모습이라서……

할머니 모습에 놀란 건 나뿐만이 아니었나 보다. 강아지처럼 놀던 아이들도 눈을 동그랗게 뜬 채 할머니 곁으로 다가섰다.

"너도 갱아지랑 뽀뽀해 볼래?"

할머니가 개 한 마리를 안아서 다울이 앞에 들이미니 다울이는 주저주저하더니만 고개를 돌려버린다. 하지만 다랑이는 넙죽 뽀뽀를 하고 코까지 비비는 게 아닌가. 한술 더 떠서 귀를 잡아당기고 볼을 꼬집다가 박치기까지! 눈을 찡그리고 선 엄마 마음은 안중에도 없이 말이다.

"워따. 어린 것이 갱아지를 한나도 안 무수와하네. 이삐지? 너맨키로 이삐지?"

쌍지 할머니는 마냥 흐뭇하신지 다랑이 머리를 몇 번이나 쓰다듬어주셨다. 그러면서 강아지 태어나던 날 이야기를 들려주시는 거다.

"뱃속에 일곱 마리나 담고 있음시로 얼매나 무거웠겄어. 배가 불룩혀서 곧 있으믄 나오겄다 했는디 딱 그날 저녁에 내 배가 똘똘 뭉침시롱 아프드란 말이여. 꼭 애기 나올라고 할 때 같어. 저도 아픈지 낑낑거리고 나도 아파서 배를 붙잡고 있다가는 방에 들어와 부렀어. 내가 없어야 될 것 같어서…… 그라고는 다음날 꼭두새벽에 나가봉께 수북이 나왔더란 말이여. 혼자서 얼매나 고생이 많았겄어."

어머나 세상에! 그럼 할머니도 어미 개와 함께 진통을 겪으셨다는 말씀? 마을 할머니들께 쌍지떡은 만날 개 방에서 산다는 얘기를 들었는데 그게 여기서 나온 말이었나 보다. 언제 새끼를 놓을까 불안한 마음에 줄곧 함께하셨을 테니.

그나저나 부인이 산통을 겪을 때 부인과 똑같이 진통하는 남편이 있다는 얘기는 들어봤어도 개가 진통을 겪을 때 그 진통을 함께 느끼는 사람 얘긴 처음 들었다. 동물과 어느 정도의 교감을 이루어야 그런 경지에 다다르는 걸까? 쌍지 할머니는 전생에 개였던가? 아님 개의 여신이 사람으로 화한 것이 아닐까? 이런 오만 가지 생각에 사로잡혀 할머니 얘기에 계속 귀를 기울였다.

"추와서 벌벌 떨길래 이불을 갖다노니께 어미가 지 쪽으로 싹 끌어가 부러. 그래가꼬 인자 한평떡이 안 쓰는 옥장판이 있다길래 가져다가 뜯어서 속에 솜을 빼다가 깔아주고 덮어중께 마치 좋더랑께. 그래 노니께 한 마리도 안 내삘고 이만치로 컸어."

할머니 말씀 속에서 겨울 추위에 강아지 한 마리라도 잃을까 염려되어 마음을 쓰셨던 게 느껴진다. 하나뿐인 친딸을 허망하게 잃어본 경험이 있으셔서인지 생명을 바라보는 눈길이 남다르신 것 같다. 사람이나 개나 살아있는 모든 것들을 추위와 배고

품, 외로움으로부터 지켜주고 싶어 하는 눈물겨운 자비심이랄까?

내가 할머니 이야기 속에 푹 잠겨 있는 그때, 다울이가 나를 불렀다.

"엄마 나 좀 봐. 나도 강아지랑 **뽀뽀**할 수 있어."

그러더니만 자연스럽게 **뽀뽀**를 하는 것이 아닌가. 다울이로 말할 것 같으면 개한테 물려본 경험이 세 번이나 있어서 개를 좋아하면서도 무서워한다. 좋다고 쫓아가지만 강아지가 다가오면 흠칫 놀라며 피하고 강아지를 안을 때도 어딘가 뻣뻣한 모습……(나도 그렇다. 내 모습도 다울이와 별반 다르지 않다.) 그랬던 다울이가 어느 순간 강아지에게 입을 맞추고 있는 것이다.

아무래도 쌍지 할머니가 강아지를 대하는 자연스러운 모습에서 다울이도 마음의 경계를 허물게 된 듯하다. 나 역시도 다울이가 허물어지는 모습을 보며 '다울이도 하는데 나도 한번 해볼까?' 하는 생각이 들었으니까.

그러고는 나도 모르는 사이에 내가 달라져 있었다. 뽀뽀까지는 아니더라도 아주 편안하게 강아지에게 손길이 가고 거리낌 없이 안아주게 된 것이다. 똥을 밟든 똥이 묻든 전혀 개의치 않고…… 정말 그 순간만큼은 강아지들이 다 내 새끼같이 느껴졌다고나 할까? 곰별이(전에 키우던 캐)를 떠나보내며 다시는 개를 못

키울 것 같다 싶었는데 어쩌면 다시 키울 수도 있겠다는 마음이 들 만큼 말이다.

동물을 좋아하는 사람은 따로 있다고 생각했는데 어쩌면 그게 아닐지도 모르겠다. 자꾸 가까이 다가가고 그렇게 손길로 만나면 거기에서부터 관계는 시작되지 않을까? 쌍지 할머니도 처음엔 이렇게 시작했을 것이다.

다시 부르는 박타령

　어설프게나마 농사를 짓고 살아가게 된 지도 어언 9년째 접어든다. 농사 규모가 크지는 않지만 먹고 싶은 건 다 가꾸어 먹다 보니 씨앗 종류만도 수십 가지! 전 해 심었던 걸 안 심게 되기도 하고, 원래 있던 씨앗을 다른 종류로 바꾸어 심기도 하지만, 어쨌든 해마다 조금씩 씨앗 종류가 늘어나는 추세다. 그러면서 느끼는 건 씨앗이 한 종류 늘 때마다 삶이 조금씩 새로워진다는 것이다. 씨앗 하나가 새로운 삶을 물어다주는 것 같다고나 할까?

　한 예로 두 해 전부터 박을 심게 됐는데 처음 박 씨를 심을 때만 해도 큰 기대는 없었다. 기껏해야 하얗고 하늘하늘한 박꽃 구경이나 실컷 해보자 정도? 그러던 것이 조롱조롱 열매를 매단 것을 보니 저걸 어찌 써먹어야 하나 고민이 되었다. 온힘을 다해 꽃을 피우고 열매를 매단 생명에게 어떻게든 쓸모를 찾아주고 싶었다.

그런데! 정작 열매 하나 따 먹어보지도 못하고 어영부영하는 사이 어디선가 야광 연둣빛 애벌레들이 나타났다. 처음엔 한두 마리 보이기에 대수롭지 않게 여겼는데 어느 날 보니 무성하던 박 잎이 죄다 사그라져 있는 게 아닌가. 그게 다 애벌레들 소행이었다. 옆에서 지켜보면 박 잎 갉아먹는 소리가 들리는 듯 착각이 일 정도로 무참히 갉아먹어, 매달려 있던 박 열매까지 대부분 썩어 들어갔다. 아니, 그렇게 좋아 보이던 것들이 이렇게 처참한 광경으로 탈바꿈하다니! 할 수 없이 그해에는 씨앗 건진 것만도 다행이라 여겨야 했다.

그러고는 올해 원래 있던 박 씨에다 토종 종자 모임에서 얻은 박 씨까지 두 가지를 심었는데 얻어온 박 씨가 그야말로 '대박'이었다. 박 열매도 두껍고 크게 달릴 뿐만 아니라 거름 한 주먹 없이 심었는데도 넝쿨을 무섭게 뻗어내어 열매를 끝도 없이 매달았다. 게다가 길가 쪽 담벼락을 타고 뻗어나가 지나가는 사람들 시선을 한 몸에 받았다.

"오메, 박이 징그랍게도 많이 달렸다야. 박속 무쳐 먹으믄 맛나겄네."

"박 넝쿨이 겁나 좋게 뻗었네. 썰어서 말렸다가 해 먹어봐. 호박나물맹키로……"

"이 박 좀 보소. 바가지 맨들어 쓰믄 좋겠구먼."

박 씨 좀 얻어가겠다는 사람도 여럿이었다. 박 열매를 볼 때마다 부러운 눈빛을 보내는 수봉 할머니는 물론이고, 성가셔서 마늘이고 보리고 안 심겠다는 한평 할머니나 농사일에 치여 사는 동티 할머니까지도 말이다.

동화 속 풍경처럼 박이 주렁주렁 열린 모습은 아무래도 할머니들 기억 속에 남아 있는 어떤 것을 건드린 모양이었다. 그러니까 박속 안 무쳐 먹어도 먹을 것이 쎄고 쎈데다 플라스틱 바가지가 넘쳐나는 세상인데도 다시금 박 열풍을 불러일으키는 게 아니겠나. 대체 박에는 어떤 매력이 있는 걸까?

할머니들의 박에 대한 애정이 나로 하여금 박을 알고 싶다는 열망을 갖게 했다. 그리하여 지난해처럼 아끼다 똥 되는 일이 없도록 먹음직스러운 박이 있으면 요리용으로 거둬들이기 시작했다. 인터넷으로 검색해 보니 박으로 김치도 담근다기에 깍두기도 담가보고 물김치도 담가보았다. 약간 꼬들거리는 식감이 낯설지만 신선했고 꽤 먹을 만했다. 호박나물 볶아 먹듯이 볶아 먹기도 했는데 들깨가루를 넣고 고소한 맛을 냈더니 상당히 괜찮은 맛이 났다. 말렸다가 해먹는 묵나물도 썹히는 느낌이 재미있어 김밥 속재료로 그만이었다.

그렇다면 과연 할머니들이 누누이 입에 올리는 박속무침의 맛은? 수봉 할머니 레시피에 맞추어 된장과 참기름, 식초를 넣고 무쳐 맛을 보았다. 그런데 이럴 수가! 양념을 넣고 넣고 또 넣어도 맹숭맹숭하기만 하니 이를 어쩐단 말이냐. 기대가 컸던 건지 몰라도 내 입맛을 사로잡는 맛이 아니었다. 이 맛이 뭐 그리 대단하다고 수봉 할머니가 귀찮아도 박 농사는 지어야겠다며 열을 올리시는 건지 이해할 수가 없을 정도로 말이다. 그래서 수봉 할머니를 만나서 직접 물어봤다.

"알려주신 대로 박속을 무쳤는데 제가 한 건 맛이 없어요. 왜 그런 거예요?"

"맛나제 왜 안 맛나? 나는 집이가 준 박으로 맛나게 해묵었는디?"

"뭐 다른 특별한 비법 같은 거 있는 거 아니에요?"

"비법은 뭣이…… 아! 박속은 여럿이 같이 묵어야 맛나. 나도 도란떡 집이 갖고 가서 여럿이 먹응께 더 맛나데. 그라고 배가 고파야 맛나. 옛날엔 굶기를 밥 먹대끼 한께 더 맛났는가벼."

"그럼 지금보다 옛날에 더 맛있었어요?"

"그라제. 옛날엔 참말로 맛나게 먹었제."

여럿이 먹어야 더 맛있다거나 배가 고파야 맛있다는 건 상식이지만 할머니 입에서 그게 정답으로 튀어나올 줄은 몰랐다. 하지만 진심으로 수긍이 가는 말이기도 해서 다음엔 여럿이 함께 있을 때 먹어야겠다는 생각이 들었다.

박속무침은 그렇다 치고 이번에는 바가지를 연구할 차례! 전부터 골동품 가게에 가면 바가지가 그렇게 탐이 나서 몇 번을 쳐다보고 만져봤던지라 나는 설레는 마음으로 박이 단단하게 여물기를 기다렸다. 수집한 정보에 따르면 다 여문 뒤에 따서 원하는 바가지 모양으로 썬 다음, 푹 삶으라고 했다.

그런데! 다 여문 박은 무게도 많이 나가지만 단단하기도 억수로 단단해서 쉽게 썰 수 있는 상대가 아니었다. 나는 이건 내 영역이 아니라고 생각해서 일찍부터 뒤로 물러나고 신랑이 적극적으로 나섰다. 칼은 들어가지도 않아 톱으로 힘겹게 썰고 큼직한 가마솥에서 몇 시간이나 푹푹 삶아야 하니, 곁에서 지켜보기에도 여간 수고로운 일이 아니었다. 게다가 삶은 뒤엔 건져서 속을 깨끗이 파내야지, 겉면을 숟가락으로 득득 긁어내야지…… 한마디로 고생길이 훤한 작업이었다.

그뿐이 아니다. 제 아무리 정성을 들여 이 과정을 마쳤다 해도 말리는 과정에서 바가지가 오그라들면 그간의 고생은 도로아미타불이다. 조금이라도 덜 여문 박이었다면 고생만 하고 바가지는 써보지도 못하게 되는 것이다.

하지만 다행스럽게도 신랑이 수고로움을 무릅쓰고 오그라진 바가지 앞에서도 좌절하지 않은 덕에 우리 집에는 장인 정신이 깃든, 작품이라고 해도 무방할 바가지가 대거 만들어졌다. 이제서야 제대로 된 살림살이가 마련된 것 같아 얼마나 기쁘던지!

처음엔 아까워서 쓸 생각도 못하다가 곡식을 퍼 담거나 모아놓을 때 쓰기 시작했다.(아이들은 자기들 장난감통으로 가져다 쓰기도 하고 얼굴이나 머리에 쓰고 놀기도 한다.) 뭐 깔끔하고 반지르르하지는 않지만 플라스틱 나부랭이와는 비할 수 없는 질감으로 손에 착 감기니 쓸 때마다 정이 간다. 그냥 아무데나 던져놓아도 그림처럼 아름다운 풍경이 되니 눈이 즐거운 건 덤!

그런데다가 우리 집에서 바가지를 발견한 할머니들은 저마다 바가지를 타고 시간 여행이라도 하는 것처럼 옛날 이야기를 술술 풀어놓으신다.

"이게 옛날 멧바가지여. 지사(제사) 칠라믄 바가지에다가 쌀을 담아서 웃목에 놔둬, 지사 하루 전날. 그래가꼬 인자 하룻밤 묵혔다가 그 쌀로 지삿밥을 하제."

"바갈치에 넣고 쌀을 씻으믄 그라고 잘 문대져, 참말로 쌀 씻기로는 제일이여."

"나는 노상(늘상) 바갈치가 내 밥그릇이었어. 여기다 국도 떠먹고 밥도 비벼 먹고…… 바갈치에다 먹으믄 밥이 훨 맛나데."

"이우제(이웃에) 음석 갖다줄 때도 바갈치에 담아다 나르고 그랬제. 하목 양반 살았을 때 그 집이서 허드렛날이라고 조밥을 한솥 했어. 그걸 바갈치에 담아서 김이 솔솔 나는 걸 갖다준디 그라고 맛있게 먹었당게. 입덧이 말도 못하게 심했는디 그 밥 먹은게 눈이 떠지더랑게."

"바갈치는 몇 년 쓰믄 쪼깨지기도 하고 그러거든? 그라믄 인자 물에 담가 불렸다가 바늘로 꼬매 쓰고 그랬어."

할머니들 기억 속에서 끝도 없이 쏟아져 나오는 이야기들…… 그러고 보니 흥부 놀부 이야기에서도 박은 아주 중요한 역할을 하지 않았나? 아주 오랜 옛날부터 박 씨는 우리와 함께였고 우리 삶 속에 깊이 파고들어 있었던 것 같다. 씨앗 하나가 이렇게 수많은 이야기를 담고 이어져온다는 건 얼마나 가슴 벅찬 감동인지! 그리고 그와 같은 보물 씨앗이 지금은 '대박이네 쪽박이네' 하는 약간은 경박한 듯한 어조의 말씨로만 남아 있는 현실은 얼마나 가슴 아픈 상실인지……!

손바닥 위에 박 씨를 올려놓고 가만히 본다. 아직 살아남아 나에게 와준 고마운 씨앗, 열매 살로 내 주린 배를 채워주고 바가지로 든든한 살림살이까지 되어준 사랑스러운 씨앗. 오래도록 함께하며 우리들의 이야기를 이어나가고 싶다. 그와 더불어 가까이에 박타령을 함께 부르고픈 이가 있다면 언제든지 선물로 내어주고 싶다. 박 씨를 물어다준 제비처럼.

넷

할머니 이장의 탄생

아랫마을과 우리 마을이 행정 구역상으로는 한 동네나 마찬가지라, 두 마을에서 공동으로 이장을 뽑는다. 아니, 뽑는다기보다 누군가 추천을 하면 나머지 사람들은 동조하는 의미로 박수 몇 번 치는 걸로 이장 결정이 된다고 보는 게 맞을 것이다. 마을에서 힘깨나 쓰는 양반들이 총회 전에 사전 합의한 내용을 총회에서 최종 승인만 내리는 거라고나 할까?

그러니까 나는 두 해 전에 처음으로 이장 선거 하는 곳에 따라가 봤는데, 이건 뭐 밥이나 먹고 허수아비처럼 앉았다 오는 자리였다. 그것도 모르고 누구 추천할 사람이 없는지 진지하게 고민도 해보고, 마을에 건의할 내용 같은 것도 준비했던 나는 어이없게 펼쳐지는 상황 앞에서 망연자실하고 말았다. 다시 한 번 그날 일을 생생하게 떠올려보자면 이렇다.

먼저 점심상이 차려지고 점심을 들기에 앞서, 윗마을 아랫마을 통틀어 최고 연장자이신 동티 할아버지가 "내 얘기 좀 들어보드라고" 하면서 말씀을 꺼내셨다.

"며칠 전에 이장이 찾아와서 '이장 임기가 끝나가는디 마땅히 하겠다고 나서는 사람도 없고, 지가 2년만 더 했으면 합니다' 하고 상의를 하드라고. 그래서 내가 좋다고 했제. 그동안 이장 함시로 경험도 있고 마을 사정도 밝고 하니께 괜히 능력 없는 젊은 사람한테 맡기는 것보단 낫지 안 낫겠는가?"

그 말씀 뒤에 기다렸다는 듯이 이장님도 한 말씀 하셨다.

"지가 2년 동안 특별히 한 일은 없지마는 나름대로 애는 많이 썼어라우. 근디 워낙에 군 재정 사정이 안 좋다봉께 제대로 이뤄진 일은 없는디, 새해부터는 차차 추진이 될 거구먼이라우. 아무튼 한 번 더 기회를 주시면 더 열심히 해볼랑게요."

곧이어 아랫마을 아저씨가 마무리 조로 한마디 덧붙였다.

"아이고, 박수 한번 칩시다. 최고 웃대가리 어르신이 그러자 하는데 쫄병들이 별 수 있나요? 이장님이 심들더라도 쪼까 더 애 쓰쇼. 박수!!!"

그렇게 해서 박수 소리와 함께 이장 선거가 마무리되었다. 마치 개그 콘서트의 한 장면을 보는 것 같다고 해야 할까? 선거일의 당일 통보, 후보 추천 과정 무시, 투표 생략, 이렇게 일사천리로 이장 재신임이 결정되다니! 어쩌면 이렇게 명쾌하고 빠르고 우스운 선거가 있을 수 있는지 참으로 놀라웠다. 물론 내용과는 관계없이 굉장히 진지하고 엄숙한 분위기였기에 그 속에서 폭소를 터뜨릴 수는 없었지만, 속으로 배꼽을 잡고 웃으며 생각했다. 이런 꼭두각시놀음이 이장 선거라면 다시는 참석하지 않겠다고.

그리고 2년 만에 다시 돌아온 마을 총회, 이번 선거는 전과는 또 다른 복잡미묘한 상황이 예상되었다. 전에 이장을 오래 했던 동티 할아버지가 고령의 나이에도 다시 이장을 하겠다고 나선데다 전 이장님 또한 재집권 열의를 밝혔기 때문이다. 게다가 우리 마을 끝집 아저씨까지 이장은 내가 해야 한다며 나섰다.(보통은 후보자들 사이에 사전 합의가 이루어지게 마련인데, 선거 당일까지도 후보자들 사이 기 싸움이 치열하니 마을 분위기마저 살벌했다.)

나는 싸움판에서 구경꾼 노릇을 하느니 차라리 이 꼴 저 꼴 안 보는 게 낫겠다 싶어서 마을 총회에 나가지 않았다. 이장이 있으나 없으나 내 삶이 뭐가 달라지려나 싶고, 이장하려는 사람 가운데 꼭 이분이 되었으면 좋겠다 싶은 사람도 없고 그저 관심을 끄고 눈을 감아버리기로 했다. 그러면서도 마음 한구석이 찜찜해서 신랑에게 푸념을 늘어놓았다.

"새로운 인물 좀 없나? 마을 분위기 확 바꿔줄 사람……"

"나는 아랫마을 광주댁 할머니가 괜찮아 보이던데……"

"엥? 뜬금없이 광주댁 할머니? 말도 안 돼."

신랑 눈에는 광주댁 할머니가 멋있게 보였는가 보다. 짐차를 몰고 다니며 어지간한 남자만큼 힘든 일을 해내면서도 늘 씩씩하고 환한 얼굴을 하고 계시니, 거기서 카리스마 같은 걸 느꼈는가 보다. 그러고 보니 지나가며 뵐 때마다 늘상 일을 하고 계셨는데 "힘드시죠?" 하고 물으면 한 번도 힘들다는 얘길 하신 적이 없었던 것 같다.

하지만 한 마을에 살지 않으니 어떤 분인지 자세히 알지는 못한다. 외지에서 살다가 뒤늦게 정착해서 사시는 분으로 병치레 잦았던 남편이 몇 해 전 세상을 떠나고, 이제는 할머니 혼자 꿋꿋하게 많은 농사를 짓고 계시다는 정도?

설령 잘 안다고 해도 그분이 이장이 될 일은 없다고 생각했다. 남자들 사이의 경쟁도 이렇게 치열한데 과연 여자에게 차례가 돌아올까 싶었던 것이다.

그런데! 뜻밖의 결과를 전해 듣고 어안이 벙벙해졌다. 신랑에게 신기가 있나? 광주댁 할머니가 이장이 되었단다. 우리 마을 최초로 여자 이장이 탄생한 것이다. 대통령도 여자인 시대에 여자 이장이 뭐 대수냐 하겠지만 나에게는 정말 놀라운 일로 다가왔다. 같은 시골이라도 오지로 갈수록 고리타분하고 구태의연한 문화가 뿌리 깊게 박혀 있음을 잘 알고 있기에 그렇다.

예를 들자면 이런 것이다. 얼마 전에 마을회관에서 맞바람이 나서 법정 공방 끝에 이혼에 이른 노년 부부의 이야기가 회자되었다. 부인은 신랑밖에 모르고 살았는데 신랑이 바람이 나서 부인에게 못할 짓을 많이 했다고 한다. 그러자 마음 붙일 데 없던 부인은 결국 다른 남자를 찾게 되었고 그것이 이혼 사태를 부른 것이다. 이 이야기를 듣자마자 회관에 있던 청일점 동티 할아버지께서 기도 안 찬다는 표정을 지으면서 말씀하셨다.

"남자가 바람이 났다고 여자가 맞바람을 펴? 다 늙은 년이 지랄하네."

"그랑께 말여. 미쳤는갑서."

"그 여자가 본시 남자들한테 살살거리더랑께. 끼가 있응께 그라제."

동티 할아버지는 남자니까 남자 입장에서 그렇게 말할 수 있다지만, 다른 할머니들까지 똑같이 맞장구를 치고 여자만 깎아내리는 게 아닌가? 내가 생각할 때 잘잘못을 가릴 일은 아닌 듯싶은데 말이다. 아무튼 말로만 듣던 남존여비 사상이 적어도 마을 안에서는 버젓이 상식 행세를 하니 속이 갑갑해서 미칠 것 같았다. 대체 내가 몇 세기에 살고 있나 싶어서 정신이 아찔하기도 했다.

그런 상식 밖의 분위기 속에서 어쩐 일로 여자가 마을의 대표가 되었냐고? 그러게 말이다. 궁금해서 총회에 다녀온 사람들에게 어찌된 영문인가 물어보았지만 누구 하나 속 시원한 대답을 해주는 이가 없었다. 그러던 차에 이장 할머니와 직접 이야기를 나눌 기회가 생겼다.

그러니까 다울이와 함께 광주에 다녀오느라 버스에서 내려 집으로 걸어가고 있던 중이었다. 날은 서서히 저물어가는데 다울이 걸음은 한없이 느리고, 나는 다울이 손을 잡아끌다시피 하며 무거운 다리를 옮기고 있었다. 그때 밭에서 비닐 걷어내는 일을 하고 계시는 이장 할머니를 만났다.

"날이 어두워지는데 아직도 일하세요? 고생 많으시네요."

"고생 아니여. 할 만하니까 하제. 그나저나 어디 댕겨와?"

"광주에 볼 일 있어서 나갔다 오는 길이에요."

"아이고, 추운데 애기하고 어떻게 걸어갈라고…… 어서어서 가야겠네."

"네, 수고하세요."

이렇게 인사를 나누고 다시 힘겹게 집으로 향했다. 점점 더 어둠이 짙어지는 가운데 바람도 차가웠다. 이제 조금 있으면 달빛에 의지한 채 더듬더듬 길을 걸어야 하리라. 마음이 조급해져서 다울이에게 "빨리 빨리!"를 외쳐대며 서둘러 길을 걷고 있는데 뒤에서 차 오는 소리가 들렸다. 길 옆으로 비켜서서 우릴 태워줄 사람인가 눈치를 살피려는데, 아니 이장 할머니 차가 아닌가! 우리를 태워다주려고 일을 마치자마자 서둘러 달려오신 것이다.

"어서 타. 보내놓고 나니께 마음이 쓰이잖여. 나도 젊어서 깜깜해질 무렵에 깻단 가지러 간다고 이 길을 걸었어. 딱 요만한 아들내미 데리고 말이여. 동네 할머니들이 지혜 없이 자식 고생시킨다고 야단이었는디 그래도 어쩌, 깻단이 보물인디…… 지금 생각하믄 지독헌디 그러고 살았당께."

"농사가 꽤 많으신 걸로 아는데…… 이제 이장 일까지 하시려면 몸이 열 개라도 모자라겠어요."

"그니까 말여. 내가 전부터 이장 한번 해보고 싶단 생각은 있었는디 내 일이 워낙 많은께 엄두를 못 냈거든. 근디 이번에 남자들이 서로 끝도 없이 다투는 걸 보니께 도저히 못 봐주겠더라고. 마침 누가 날 추천하기에 얼른 내가 하겠다고 했제. 그랬더만 암도 말을 못하데."

"잘하셨어요. 그동안 '이장님' 하면 왠지 어렵고 불편했는데 이젠 제 마음이 한결 편안해요."

정말 그랬다. 이장 할머니 차를 얻어 타고 오면서 나는 권력 자에게서 나오는 뻣뻣한 위선이 아닌 부드럽고 따스한 진심을 맛 보았다. 남자 이장님들 속에서 '나 잘났네' 소리만 익숙하게 들어 왔다면, 이장 할머니에게선 '나 고생 많이 하고 살았는디 돌아보 니 고생이 고생이 아니더랑께' 하는 값진 말씀을 전해 들었다. 이 장 할머니는 젊어서부터 몸이 아팠던 남편을 돌보며 가장 노릇 하면서 눈물겹게 자식을 키우셨지만 그동안의 삶을 아름답게 추 억하셨다. 잘난 척이 아니라 자기 삶을 긍정하는 힘을 품은 분이 라는 게 느껴졌다.

그래, 어렵게 살아본 사람이 어려운 사람 마음을 알지. 그리 고 타인의 고통과 어려움에 이 정도로 민감하게 반응을 보이고 선뜻 도움의 손길을 내밀 수 있는 사람이라면 우두머리 자격이 있는 거 아닌가?

이장 할머니 차에서 내려 불빛이 환한 마을 어귀로 들어서며 나는 발걸음이 가벼워진 걸 느꼈다. 다울이도 "할머니 착한 사람 인가봐. 그치?" 하며 눈빛을 빛냈다.

미우나 고우나 함께하려는 마음

"어머, 생긴 것도 더럽게 못생겼네."

애꿎은 개가 무슨 잘못이겠냐마는 한평 할머니 집 댓돌 옆에 묶여 있는 사냥개를 도저히 고운 눈길로 바라볼 수가 없었다. 분명 뒷집 아저씨가 은근슬쩍 맡기고 갔을 게 뻔하기 때문이다. 뒷집 아저씨는 늘상 이런 식이다. 자기가 감당해야 할 몫을 은근슬쩍 다른 사람에게 맡겨버린다. 본인이 사냥을 좋아해서 사냥개를 키우는 건 말릴 수 없는 일이라 치자. 하지만 그걸 왜 다른 집에 맡겨서까지 키울 생각을 하느냔 말이다. 정말 마음에 안 든다. 한두 번 당하는 게 아닌데도 번번이 아저씨의 부탁에 넘어가고야 마는 한평 할머니와 할아버지가 답답하기만 하다.

"이 개 뭐예요? 뒷집 아저씨가 갖다놓은 거 맞죠?"

"아녀. 우리 개여."

"에이, 다 아는데 뭘 그래요?"

"아자씨가 우리 준다고 했어. 돼아지 잡으러 갈 때만 쓴다고……"

한평 할머니는 끝내 뒷집 아저씨를 두둔하셨다. 분명 뒷집 아저씨가 돈 몇만 원 찔러주며 할머니를 구워삶았을 것이다. "이것이 겁나 비싼 개여. 이 집에 있는 똥개랑은 족보부터가 다르당께. 공짜로 줄 텡께 고찰 잘해야 돼야. 난중에 나 사냥 나갈 때 몇 번만 쓸랑께. 알았제?" 뭐 이런 식으로 말이다. 그간의 뒷집 아저씨 행적을 봐선 안 봐도 비디오, 건너만 봐도 구천 리다.

그러니까 지난봄에도 뒷집 아저씨는 한평 할머니 집에 사냥개를 맡겼다. 한 마리도 아니고 세 마리나. 아직 어린 강아지들이었는데, 밥 챙겨주는 조건으로 돈 3만 원 찔러주고 자기는 공사 현장에 물차 대주는 일을 하러 외지로 나갔다. 그런데 무슨 이유에선지 개 세 마리가 며칠 상간으로 모두 죽고 말았다. 뭘 잘못 먹은 건지 먹은 것을 토해내고 죽었다는데 뒷집 아저씨가 그 사실을 알고 가만있을 리 없었다. 거의 한 달 가까이 술만 먹었다 하면 한평 할머니 집에 가서 행패를 부리다가 한 번은 한밤중에 돌을 던져서 할머니 집 유리 문짝을 와장창 깨뜨리는 난동을 부리기도 했다.

어지간한 사람 같았으면 경찰을 부르고 고소를 하고 난리가 났을 것이다. 그런데 한평 할머니와 어르신은 자기들이 죄인이라 죗값을 치렀다는 듯이 담담한 표정이었다. 뒷집 아저씨가 무서워서 그러는 건지, 아니면 참을 수밖에 다른 도리가 없어서 그러는 건지, 아무런 저항도 하지 않았다. 되레 곁에서 지켜보는 내가 열불이 나서 한평 할머니에게 목소리를 높였다.

"아니, 남의 집 문짝을 못쓰게 만들었으면 새로 해주든지 해야지 너무하는 거 아니에요?"

"그래도 5만 원 주더만. 유리 새로 하라고."

"유리 값이 5만 원이라고 누가 그래요? 그걸로는 턱없이 모자랄 텐데. 경찰에 신고나 해버리지 왜 가만히 있어요?"

"맨 정신이었간디? 술 먹고 했는디 어째……"

한평 할머니도 속이 상한 것 같기는 했지만 술김에 한 실수니까 어쩔 수 없지 않겠냐며 크게 한숨만 내쉬었다. 그 일 말고도 속 터지는 사건을 여러 번 겪었지만 그때마다 마찬가지였다. 싫어도 어쩌겠냐며 쉽게 용서하고 받아들이셨다.

하여, 지금은 한평 할머니와 어르신, 그리고 뒷집 아저씨가 거의 한 식구처럼 살고 있다. 아침 점심 저녁 삼시 세 끼를 같이 먹으니 말이다. 심지어 뒷집 아저씨가 먹고 싶은 것이 있으면 재료를 들이밀며 한평 할머니에게 요리해 달라고 부탁을 하기도 한다. 나 같으면 네가 먹고 싶으면 네가 직접 해먹으라고 소리를 버럭 지를 법한데, 한평 할머니는 시키는 대로 음식을 해서 밥상에 올린다. 신랑이 뭘 해달라 해도 귀찮은 마당에 홀아비 사정까지 봐주면서 사시다니! 어쩜 그럴 수 있는지 놀랍기도 하고, 너무 한심해서 내 속이 뒤집힐 때도 있다.

한편, 나는 어떤고 하니 진즉에 뒷집 아저씨를 '사람도 아니다' 낙인을 찍고 상종을 않으려고 하는 편이다. 술에 취해 찾아와서는 차茶를 달라는 둥 자기 아들이 보고 싶다는 둥 술주정을 하니, 처음 몇 번은 받아주다가 도저히 못 참겠다 싶었던 것이다. 그래서 어느 날 내가 폭발하고야 말았다.

"나가세요. 저희 집엔 차 없으니까 가세요. 하고 싶은 말이 있으시면 맨 정신에 와서 하세요!"

내가 생각해도 야멸찬 말투로 아저씨를 쫓아냈다. 그 뒤로 길에서 마주치면 아저씨도 나도 안면몰수하고 지나치는 사이가 되었다. 바로 뒷집이라 마주침이 없을 수가 없지만 최대한 마주침을 피했다. 그런 이유로 친정 엄마에게 걱정을 듣기도 했지만 어쩌랴. 안 그래야지 하면서도 그게 내 마음대로 안 되니 말이다.

그런데 말이다, 얼마 전에 뒷집 아저씨의 늦둥이 아들 정호가 방학을 맞아 아빠 집에 왔는데, 그 녀석이 자꾸 우리 집에 오는 거다. 다울이보다 두 살 많은 아이라 함께 놀 또래가 그리워서 그런 줄은 알지만, 날이 밝았다 하면 우리 집으로 달려오니 몹시 못마땅했다. 놀러 오는 애를 못 오게 할 수도 없고 해서 억지로 마음을 열고 맞이는 하면서도 내 마음은 힘들었다. 특히 자기 아빠를 꼭 빼닮은 듯한 넉살과 뻔뻔함을 볼 때 나도 모르게 미운 소리를 하게 됐다.

예를 들어 정호가 "아줌마, 배고픈데 먹을 것 좀 줘요. 빨리 내놔요"라고 말할 때, 나는 "배고프면 너네 아빠한테 달라 해. 왜 나한테 그러는 건데"라며 도끼눈을 떴던 것이다. 하지만 그렇게 말을 함부로 내뱉고 난 다음에는 마음이 심란하고 착잡했다. 내가 이러고도 어른인가 싶어 부끄럽기도 했다. 그래서 사랑을 품으려고 발버둥을 치다가 또 얄미워서 도끼눈을 뜨다가…… 그렇게 며칠을 보냈다.

그러던 어느 날, 한번은 아이들이 집에서 하도 시끄럽게 놀기에 나가서 놀라고 했더니 다랑이까지 형들 뒤를 따라나선 일이 있다. 한참이 지나도 소식이 없기에 찾으러 나갔더니 한평 할머니 집 댓돌 위에 아이들 신발이 있었다. 그래서 문을 쓱 열고 들어서려는 그 순간! 나는 보았다. 다랑이가 뒷집 아저씨 품에 안겨 군고구마를 받아먹고 있는 모습을…… 그 곁에서 정호가 다랑이 손을 따스히 잡아주고 있는 모습을 말이다. 정말이지 누가 봐도 다정한 풍경이었다. 다랑이는 사랑스런 눈길과 손길 속에 한없이 행복한 표정이었다.

그걸 보니 뒤통수를 얻어맞은 것 같은 뉘우침이 찾아들었다. '상종 말자!'라는 팻말을 달고 굳게 닫아놓았던 내 마음의 빗장이 스르르 열리는 느낌이랄까? 나는 왜 정호에게 저렇게 다정하지 못했나 싶어 진심으로 미안한 마음이 들기도 하고 말이다. 그때 처음으로 한평 할머니가 한심한 게 아니라 내가 한심한 건지도 모른다는 생각이 들었다.

지금껏 수많은 이유를 들어 뒷집 아저씨를 이웃의 목록에서 제치려는 행동을 해왔는데 그건 어디까지나 핑계가 아니었을까? 내 영역을 침범당하고 싶지 않다는 냉정한 이기심이 이웃을 적으로 만든 것은 아닐까? 나는 뭐 얼마나 잘났다고 이웃의 삶에 낙인을 찍나? 더불어 살아간다는 건 미우나 고우나 함께하려는 마음을 지키는 것일 텐데 말이다.

새해에는 그 마음을 놓치지 않아야겠다. 쉽지는 않겠지만, 배우려 한다면 배울 수 있을 것이다.

시골에 돈 벌 기회가 많다고?

얼마 전에 귀농한 지 일 년이 채 안 된 초짜 농부와 이야기를 나눌 기회가 있었다. 여럿이 함께 모인 자리였는데 나 빼고 대다수는 귀농을 동경하는 젊은 아줌마들이었다. 초짜 농부는 그이들을 상대로 너무나 자신만만하게 귀농 예찬론을 펼쳤다.

"시골 사니까 생활비가 확 줄었어요. 도시에서처럼 폼 나게 입고 다닐 필요가 없으니까 옷 값 거의 안 들죠, 애들 교육비도 나라에서 전액 지원됩니다. 얼마 전에는 아이들이 학교에서 스키 캠프를 갔는데 부모 부담이 전혀 없었어요. 반면 돈 벌 기회는 도시보다 오히려 많아요. 항상 일손이 딸리는 형편이니까 젊은 사람이 일하고 싶다면 서로 오라고 난리죠. 저는 지난봄에 트랙터 운전 좀 하고 하루 12만 원씩 벌었어요. 몇 주 고생하니까 몇백은 쉽게 벌리더라고요……"

　물 흐르듯이 쏟아지는 유창한 말솜씨였다. 듣는 사람들은 감탄사를 연발했다. 하지만 나는 그의 말에 마냥 고개를 끄덕이고 있을 수가 없었다. 시골에서 돈 벌기가 쉽다고? 에이, 지나가는 개가 웃겠다. 우리 마을 할머니들에게 그 얘길 고스란히 전해준다면 모르긴 몰라도 욕을 '태배기'로 얻어먹을 거다.

　그의 말에 빨간 펜을 들고 고쳐 말하기 작업을 해본다면……시골에 살면 생활비가 적게 드는 건 사실이지만, 돈을 쓰려고 들면 돈 쓸 일은 여전히 많다. 욕망의 바람을 빼야 비로소 생활비가 대폭 줄어든다. 문제는 아무리 적은 돈이라 해도 벌기가 녹록치 않다는 것. 우리가 흔히 '노가다'라고 하는 품팔이 노동으로는 최저 임금 수준의 벌이도 어려울 뿐더러 몸은 몸대로 상한다. 특히 몸 쓰는 일에 익숙지 않은 도시인의 몸이라면 일손이 되기는커녕 괜히 민폐를 끼치기 십상이다.

　이해를 돕기 위해 수년 전의 기억을 떠올려보겠다. 그러니까 지금으로부터 8~9년쯤 전, 당시에 난 친구랑 둘이서 시골살이를 경험해 보겠다고 합천에 있는 산골 마을로 들어가 살고 있었다. 귀농 첫해이기에 물정 모르던 시절이었는데, 친하게 지내던 설매실 할머니로부터 아르바이트 제안을 받게 된다.

"밤 주러 갈래? 나무 밑에 쏟아진 기 고거만 살살 줍다 오믄 된다."

"밤 줍기요? 와, 재밌겠다."

친구와 나는 용돈 벌이도 하고 재미난 경험도 할 수 있겠다 싶어 할머니를 따라나섰다. 설매실 할머니를 비롯하여 다른 여러 할머니들과 함께 짐차 뒤에 몸을 싣고서 말이다. 초가을 이른 아침 공기는 제법 싸늘했지만, 밤나무가 빽빽한 밤 숲으로 들어설 때까지만 해도 나는 잔뜩 들떠 있었다. 다람쥐라도 마주치려나 싶고, 나무 그늘 아래서 윤기 나는 알밤을 오독오독 씹는 즐거움을 상상하기도 했다.

하지만 그런 나를 바라보는 몇몇 할머니의 눈길에선 걱정이 묻어났다.

"아가씨들이 우째 이런 일을 할라꼬? 할 수 있겠나?"

"이 아가씨들 일 잘한다. 내가 맥없이 데꼬 왔으까이."

설매실 할머니가 나서서 우리 편이 되어주시니 이루 말할 수 없이 든든했다. 한편 어깨가 무겁기도 했다. 설매실 할머니 말을 온몸으로 증명해 보여야 하니 말이다. 나는 일할 채비를 확실하게 하는 것으로 단단히 마음의 준비를 했다. 햇빛을 완벽하게 차단하는 작업용 모자를 둘러쓰고, 밤 줍기 전용 장갑을 끼고, 밤을 주워 담을 비닐 포대도 챙겨들고! 이제 밤나무 밑에 쏟아져 있는 밤을 부지런히 줍기만 하면 되리라. 보라, 초입에서부터 벌써 수많은 밤알들이 쏟아져 있지 않은가.

그럼 준비~ 시작!

일할 시간이 되자 할머니들은 재빠르게 움직이기 시작했다. 나 역시도 나름 속도를 냈으나 할머니들 손놀림은 따라잡을 수가 없었다. 결국 줍기 쉬운 평평한 자리는 내가 차지할 몫이 없어서 비탈진 자리를 찾아다닐 수밖에 없었다. 그러다 보니 미끄러져 엉덩방아를 찧기도 하고 앞으로 고꾸라지기도 했는데, 온통 밤송이투성이인 곳이라 넘어질 때마다 "앗, 따가워!" 소리가 절로 나왔다. 살을 찌르는 고통이었다.

게다가 어느새 중천에 떠오른 햇살에 땀은 비 오듯이 흐르고, 밤이 담긴 포대는 점점 더 무거워졌다. 무거운 포대를 끌고 다니며 허리를 숙여 밤을 줍기란 고행 그 자체였다. 산길을 수십 번씩 오르내리려니 무릎은 쑤시지 허리는 감각이 없을 정도로 뻐근하지…… 잠깐 쉬고 싶어도 다른 할머니들 기세에 눌려 도저히 쉴 수가 없어 밤 줍는 시늉이라도 해야 했다.

그러던 차에 함께 일하던 어떤 할머니가 밤나무에 기대어 살짝 무릎을 구부려선 채로 오줌을 누는 광경을 목격하기도 했다.

무릎이 너무 아파서 구부리고 앉을 힘조차 없으셨던 거다. 그걸 보고 작업반장이었던 설매실 할머니는 "그래 아픈 나오지 마라"며 미운 소리를 하시고, 다리 아픈 할머니가 "내가 아프다꼬 일을 몬했나, 딴사람한테 신세를 졌나? 오줌 그래 싼 거 가꼬 와 그카는데……"라며 서운함을 토해내며 한바탕 말싸움이 벌어지기도 했다.

아무튼 할머니들 사이에서 누가 꾀를 피우면 즉시 핀잔이 오고 가며 큰소리가 들리니 마음이 조마조마했다. 나를 비롯해서 모두들 욕먹지 않으려고 죽을힘을 다해 일을 하는 분위기였다고나 할까? 그러니 새참 시간 10분, 점심 시간 한 시간 남짓은 정말 꿀맛 같은 시간이었다. 할머니들 사이 분위기도 다시금 부드러워져 우스갯소리가 오고 가고 서로 먹을 것을 챙겨주며 긴장을 풀었다. 하지만 이 시간이 지나면 또다시 고행이 시작된다 생각하니 몰래 달아나고 싶은 생각마저 들었다.

참으로 안타까웠던 장면은 점심 먹은 뒤 할머니들이 너나없이 주머니에서 진통제를 꺼내 드시는 것을 목격했을 때였다. 일 안 하고 가만히만 있어도 삭신이 다 쑤시는 마당이니 진통제라도 없으면 고된 노동을 견뎌낼 수가 없는 것이다. 무릎, 허리, 어깨 등에 파스를 덕지덕지 붙이는 분도 계셨다. 참으로 눈물겹고

처절한 광경이었다. 이렇게까지 해서 돈 몇만 원을 손에 넣어야만 하나 하는 생각이 들 정도로 말이다.

아무튼 그날 하루는 지금 생각해도 참 길게만 느껴진다. 그렇게 지옥 같은 하루를 보내고 나서 받은 돈 4만 원. 그 돈은 아침 일곱시부터 저녁 여섯시까지 일한 대가였는데, 그걸 받아들면서도 마음이 편치 않았다. 다른 할머니들과 비교했을 때 일을 제대로 하지도 못했는데 돈을 똑같이 받으려니 얼마나 미안하던지. 그럼에도 며칠 더 일을 해달라는 제안을 받자 숨이 컥 막히는 것 같아서 갖은 핑계를 대느라 진땀을 빼기도 했다.

그날 이후로 차마 거절을 못해서 몇 번인가 더 집단 노동에 투입된 경험이 있지만 그럴 때마다 느끼는 건 비슷했다. '육체 노동에 잔뼈가 굵은 할머니들과 나는 몸 자체가 다르다. 할머니들이 하는 일이라고 우습게 보지 말고, 품팔이로 용돈벌이 할 생각일랑 꿈에도 하지 말자. 정 일을 도와야 한다면 돈 받지 말고 내 힘닿는 만큼만 도와 인심이나 쌓자.' 말하자면 눈물겹고 잔혹한 프로의 세계는 감히 넘보지 말자는 판단을 내렸다고나 할까?

어디서건 돈 버는 일이 쉽지는 않지만 몸으로 돈 버는 일명 '노가다'는 정말 아무나 하는 게 아니다. 할머니, 할아버지 세대나 되니까 진통제 먹어가며 악착같이 해내는 것이다. 그 돈 벌어서 집에 오는 손주 녀석들 손에 단돈 만 원이라도 쥐어주고 싶은 마음에서 말이다.

"요새 아들(아이들)은 그전멘키롬 할매 할배한테 정 없다. 돈이라도 줘야 좋다카제 안 그라믄 찾아오도 안 한다 아이가."

"맞다. 이래 살살 돈을 벌어놔야 손주들한테 인심도 쓰고 그카제 돈 없으믄 어른 대접도 몬 받는 시상이다."

"하모!"

그날 점심 시간에 나누었던 할머니들 사이 대화가 아직도 어렴풋이 귓가에 들리는 듯하다. 세월이 꽤 많이 흘렀지만 그때나 지금이나 작업 환경이나 분위기는 크게 달라지지 않았을 것이다. 이런 마당에 시골에 돈벌이가 많다고? 설사 그 말이 참말이라고 하여도 그 돈이 골병하고 바꾸는 돈이라는 사실을 알아야 할 것이다. 그와 동시에 우리가 누리는 물질적 풍요가 누군가의 뼈 빠지는 노동에서 온다는 사실도.

드디어, 나도 쑥떡파!

세월이 그냥 흐르는 건 아닌가 보다. 청국장을 띄울 때마다 실패를 거듭해서 자신이 없었는데 이젠 감을 잡았다. 얼마 전부터는 띄웠다 하면 하얀 실이 줄줄실실 잘도 나온다. 지난겨울엔 고군분투하긴 했으나 친정 엄마 도움 없이 김장을 해냈는가 하면(김장 독립!), 우리 신랑이 이게 떡이냐 빵이냐 되물었던 홈메이드 빵도 이젠 제법 잘 부풀어 빵 꼴을 갖추어간다. 나처럼 어설픈 이도 뭔가 해내는 날이 오다니…… 그리고 보면 어찌되든지 간에 끈질기게 해보는 것만큼 빠른 길은 없는 것 같다.

그런 뜻에서 올 설엔 쑥떡에도 도전해 보기로 했다. 전라도에서는 설이 되면 쑥떡을 하는 풍습이 있는데 그게 참 의미심장하다. 아직은 황량하고 싸늘한 겨울 풍경에 둘러싸인 가운데 푸르른 떡을 마주하는 느낌은, 뭐랄까…… 가슴 벅찰 정도로 반갑다고나 할까? 눈에 띄게 보이지는 않지만 비밀스레 달려오고 있는 푸른 봄을 눈과 입으로 확인하는 것 같아서 기분이 새롭다. 게다가 짙푸른 쑥떡을 누런 콩가루에 묻혀 거무스름한 조청에 찍어 먹는 그 맛은 또 얼마나 특별한지.

나는 번번이 외할머니에게 쑥떡을 얻어먹곤 했기에 마을 할머니들이 쑥떡 준비로 부산할 때 강 건너 불구경하듯 지켜보기만 했다. 그런데 아이들이 쑥떡만 보면 눈이 뒤집히는 걸 보니 엄마로서 가만히 있을 수가 없었다. 그리하여 힘들더라도 내 손으로 만들어 넉넉하게 먹이자는 요량으로 지난봄부터 쑥떡을 모시기 위한 대작전에 들어갔다.(여기서 대작전이라고 거창하게 말하는 것은 쑥을 준비하는 일부터가 그리 만만치 않아서 작정하고 달려들었다는 사실을 강조하고 싶어서다.)

그러니까 지난해 봄 내내, 집을 나설 때마다 쑥 가방을 챙겨 들었다. 언제 어디서건 쓸 만한 쑥이 보였다 하면 그 즉시 낫으로 베어 가방에 넣는 민첩함을 발휘하기 위해서였다. 그것도 애 둘을 달고 다녀야만 하는 형편이니 하나는 들쳐 업고 하나는 끌고 다니면서 낫을 휘둘러야 했다.

그런데다가 낫으로 쑥을 베어오면 그걸 또 일일이 다듬어야 한다. 굵은 대와 마른 잎 따위를 뜯어내는 것이다. 또 시들기 전에 끓는 물에 데쳐서 바싹 말렸다가 비닐봉지에 넣어 야물게 묶어두기까지!(그냥 말려도 되지만 그렇게 하면 마르는 데 시간이 오래 걸리고, 말리는 동안 바람이라도 세게 불면 쑥이 다 날아가 버리니 추천하고 싶지 않다.) 그렇게 하면 양이 눈에 띄게 확 줄어들어 허무하기도 하지만, 삶의 보물을 압축시켜 저장해 놓은 것 같은 충만감을 느낄 수가 있다.

그러니 그 쑥이 오죽 귀할까? 부엌 수납장 한 켠에 소중히 간직한 채 쑥떡 하러 갈 날을 손꼽아 기다렸다. 그리고 마침내 설을 앞두고 한평 할머니로부터 작전 명령이 떨어졌다.

"쑥 삶았어? 언능 삶어. 나도 방금 솥에다 올려놨응께."

"방앗간에 쑥떡 맡기려고요? 쌀은 언제 담가요?"

"쌀은 난중에 담그믄 되아. 쑥부텀 푹 삶아, 잉?"

"네!"

대답은 잘도 해놓고 잊어버린 채 다음날 오전이 되었다. 밥을 짓는다고 쌀을 씻고 있었는데 한평 할머니가 또 찾아오셨다.

"쑥 삶았어?"

"아뇨, 아직…… 밥부터 안치고 삶으려고요."

"빨리 삶어. 난 어즈께 다 삶아서 찬물에 담가놨단 말이여."

"삶고 나서 찬물에 담가놔야 해요?"

"담갔다가 깨까시 씻어야 되야. 씻을 때 돌도 일고…… 안 이른 찌걱거려서 떡 못 묵은께 꼭 일어, 잉? 그래가꼬 물기 꼭 짜서 저녁에 찢어."

"엥? 찢기까지 해요? 그냥 가져가면 안 되나?"

"찢아야 쑥이 몽글몽글하니 좋당께. 긍께 꼭 짜서 찢어, 잉?"

한평 할머니는 몇 번씩 당부의 말씀을 하셨다. 그러고는 내가 들통에 쑥을 넣은 채 불을 지피는 것을 보고 물 높이를 점검하신 뒤에야 집으로 돌아가셨다. 내가 쑥떡을 처음 해본다니 여러 모로 걱정스러우셨던가 보다. 하긴, 그냥 쑥만 삶으면 되는 게 아니라 다른 복잡한 과정이 첩첩산중으로 기다리고 있으니 고수 입장에서 하룻강아지인 내가 못 미더우실 만도 하다. 쑥떡 하나 입에 넣기가 뭐 이렇게 어려운지, 먹고사는 일이 정말 만만치는 않다.

아무튼 꽤 많은 양의 쑥을 씻고, 조리로 일어 건지고, 물기 짜서 찢고, 다시 물에 담그고…… 며칠 동안 심심할 새가 없었다. 중간중간에 한평 할머니의 점검을 받으며 만반의 준비를 했다. 방앗간에 가기 하루 전날엔 쌀도 네 되나 물에 담가 불렸다.

드디어 쑥떡 맡기러 방앗간에 가는 날, 안개비가 부슬부슬 내리는 가운데 수봉 할머니로부터 신호가 왔다.

"다울이 엄마, 언능 나와!"

우리 마을에서 5킬로미터 가량 떨어진 월산마을 방앗간에서 우리 마을 사람들을 실으러 온 것이다.(월산마을 방앗간은 명절에만 문을 여는 도깨비 방앗간으로 인근 마을을 돌며 떡 할 사람들을 손수 실어 나르는 서비스를 제공한다.) 차가 없는 사람들에겐 떡 맡기는 것도 큰일인데, 이런 식으로 실으러 오고 실어다 주고 하는 게 참 고마웠다. 더블캡도 아니고 2인승 트럭의 앞 칸에 나와 수봉 할머니, 한평 할머니, 그리고 다울이까지 넷이서 꽉 끼어가야 하긴 했지만 말이다.

방앗간에 다다르니 하얀 연기가 자욱했다. 나무로 불을 때서 기계를 돌리는 특이한 구조라, 아궁이에서 끊임없이 연기가 새어 나오고 있는 거였다. 처음엔 연기 때문에 눈을 못 뜨고 있다가 연기에 익숙해지며 찬찬히 살펴보니 어느 샌가 수봉 할머니는 떡가루를 빻고 계셨다. 그러더니만 또 어느 샌가 쌀가루에 소금 간을 하며 떡 찔 준비를 하고 계셨다. 경험이 많으셔서 혼자서 척척, 주인보다 앞서 일을 해치우셨다. 그뿐인가, 쌀가루와 쑥을 켜켜이 안쳐서 찌는 공정이 끝난 뒤에는 떡을 빼는 기계 앞에 있다가 떡이 나오는 즉시 다독거려서 들통에 담기까지…… 그야말로 주인 할머니가 할 일이 없을 정도로 전 과정을 셀프로 진행하셨다.

한편, 한평 할머니는 눈치 없이 가만히 서 있다가 구박을 받기 일쑤였다.

"가만 섰지 말고 떡가리 받어."

"쑥이 요맨치뿐이여? 쑥이 모지라믄 쌀이나 적게 불리제마는."

"달게 할거믄 설탕을 갖고 와야제. 쑥떡 한두 번 해본당가?"

특히 쌀가루를 안쳐서 찌고 보니 한평 할머니 떡이 붉은 빛깔로 나와서 방앗간 전체가 들썩거리기도 했다.

"뭐시여? 쌀이 뻘간 쌀이래? 내 생전 뻘간 떡은 첨 보네."

"긍께 말이여. 이게 뭔 일이랑가?"

"쌀을 너무 일찍 담가서 쉬었는갑서. 긍께 쌀이 뻘개지제."

"한평떡은 하는 일마다 왜 근당가…… 깔깔깔."

나에게는 하늘처럼 우러러보이는 스승님인데 밖에 나오니 여기저기서 구박을 받으시는 걸 보니 기분이 묘했다. 여러 사람을 한꺼번에 웃기는 것도 재주라면 재주인 것 같아 덩달아 웃음이 나오기도 했다. 비록 한평 할머니는 속이 상해서 뚱한 표정을 짓기긴 했지만, 떡 맛은 쉰 맛이 아니라는 말에 금세 다시 아무렇지 않은 얼굴이 되었다.

아무튼 간에 나는 수봉 할머니와 한평 할머니의 중간쯤 되는 자세로 떡 빼기를 무사히 마쳤다. 방앗간 주인 할머니가 떡 맛을 보시더니 현미라서 더 고소하다고, 새댁이 떡이 젤로 맛있다고 해주셔서 기분이 좋았다. 쑥떡을 같이 하러 간 수봉 할머니, 한평 할머니와는 묘한 동지애 같은 것이 느껴지기도 했다. 드디어 나도 쑥떡파 대열에 합류한 건가?

쑥떡이 든 대야를 끌어안고 집으로 돌아오니, 새끼 제비 같은 입을 벌리고 다랑이가 달려든다. 그 입에 쑥떡을 떼어서 넣어주며 나는 내가 한없이 자랑스러웠다. 떡을 하지 않은 마을 할머니들에게 쑥떡을 돌리며 나는 내가 한없이 사랑스러웠다. 이런 맛에 할머니들이 해마다 쑥떡을 하는 거겠지? 한번 해보면 한없이 하고 싶어진다는 한평 할머니 말씀을 떠올리며 나는 '내년에도 또다시!' 하고 두 주먹을 불끈 쥔다.

하늘에서와 같이 땅에서도

도시, 그러니까 화순읍에만 나가도 다울이는 신기해한다. 자기가 아는 사람보다 모르는 사람이 훨씬 많은데다 너나할 것 없이 서로 아는 척하지 않고 지나치는 사이인 것이 너무 어색한가 보다. 하기사 우리 마을에서는 처음 보는 낯선 사람이 지나가도 일단 인사부터 하고 보는 녀석이니까.

"엄마, 여긴 도시라서 그래? 모르는 사람이 진짜 많아."

"당연하지. 이렇게 사람이 많은데 어떻게 다 알고 지내나?"

당연한 걸 왜 물어보냐는 투로 답을 하곤 하는데, 그러고 보니 참 이상하다. 스쳐가며 만나는 수많은 사람 중 대다수가 남이라니…… 이렇게 서로에 대한 조금의 관심도 없이 어깨라도 부딪힐까 싶어 몸을 잔뜩 움츠리며 서로를 경계하는 분위기 속에서 아무렇지 않게 살아가는 사람들이 너무 대단해 보인다.

　나는 도시에 가면 긴장감 때문인지 온몸에 힘이 들어간다. 더구나 옷차림이나 외모가 도시인과는 다를 수밖에 없으니 남들이 이상하게 여길까 마음이 쓰일 때도 있다. 화장을 하지 않는데다 고무신을 즐겨 신지, 펑퍼짐한 고무줄 바지에 옷은 꼬질꼬질…… 누가 봐도 없어 보이는 외모. 어떤 사람들은 노골적으로 위아래를 훑어보며 동정의 눈빛 또는 경멸의 눈빛을 보낼 때도 있다. 그러거나 말거나 나는 내 삶을 사는 것이니 크게 마음을 두지는 않지만, 그럼에도 나도 모르게 '눈에 보이는 것이 전부는 아니다. 내 영혼은 떳떳하다'며 방어막 같은 주문을 외게 된다. 상처받지 않으려고 완전 무장을 하는 것이다.

　그런데 한번은 참 이상한 경험을 했다. 마침 화순읍 오일장이 서는 날이라 장 구경도 할 겸 옥수수 뻥튀기를 튀기러 뻥튀기 집에 갔는데, 먼저 와 있던 할머니 한 분이 나와 우리 가족을 찬찬히 훑어보시는 거다. 나는 또 한 소리 얻어듣겠구나 싶어 마음의 준비를 단단히 한 채 드디어 할머니와 말문을 트게 되었다.

　"어디서 왔어요?"

　"화순에서도 산골짝 변두리에서 왔어요. 농사짓고 살아요."

　"어쩐지 다른 사람들하고는 달라 보여요."

"워낙 없어 보여서 그런가요? 시골에 살다 보니 아무래도 시골티가 나죠."

"아뇨. 아줌마도 그렇고 애기들도 그렇고 아저씨도 그렇고 마음이 참 편안해 보여요. 요새 사람들 같지 않게 때가 안 묻고⋯⋯"

할머니가 의외의 말씀을 하셔서 난 깜짝 놀랐다. 젊은 사람이 왜 그러고 사느냐거나, 앞으로 자식들은 어떻게 가르칠 것이며 돈 벌 궁리는 하고 있느냐는 식의 걱정과 가르침은 한마디도 없이, 있는 그대로 내 삶을 존중하며 고운 눈길을 보내주시니 말이다. 그러고는 뻥튀기 집 주인 할머니에게 우리 것까지 같이 계산해 달라며 돈을 쥐어주시는 거다.

"괜찮아요. 저희 건 저희가 계산할게요."

"내 마음이 이렇게 하라고 시키네요. 별건 아니지만 뭐라도 주고 싶어요. 기분 나쁘게 생각하지 말고 받아주세요."

그렇게까지 말씀하시니 더는 말릴 수가 없었다. 고마웠는지 신랑은 가방에서 떡을 꺼내 할머니에게 내밀었다. 출출할 때 먹으려고 떡집에서 사둔 건데, 그거라도 드리고 싶었는가 보다.

"아유, 됐어요. 애기들이나 주세요."

"저희도 뭔가 드리고 싶어서 그래요."

"알았어요. 그렇다면 이 자리에서 같이 나눠 먹읍시다."

할머니는 떡을 꺼내 뻥튀기 집 주인 할머니와 할아버지, 나와 우리 식구들, 뻥튀기 집 앞을 지나가는 낯선 사람들 손에까지 하나씩 쥐어주셨다. "이게 웬 떡이래요?" 하고 반응하는 사람들에게 "여기 젊은 사람들이 나눠 먹자고 주네요. 그 마음이 고우니까 맛있게 나눠 먹읍시다" 하시면서 말이다.

그랬더니만 이번에는 뻥튀기 집 할머니가 커다란 쟁반 가득 과일을 가지고 나오셨다.

"우리 집에 온 손님들이 서로 좋게 지내는 거 본께 내 맘도 오지네요이. 지난 장에서 과일을 샀는디 영감이랑 둘이서 먹은께 영 맛이 없어라우. 여럿이 있을 때 노나 먹어붑시다."

그렇게 말씀하시며 큼직하게 썰어 우리들 손에 쥐어주시는 거다. 이번에도 뻥튀기 집 앞을 지나가는 낯선 사람들에게까지 한 쪽씩 권하시면서 말이다. 순간, 오병이어의 기적이 떠오른 것은 결코 우연이 아닐 것이다. 작은 소년이 내민 보리떡 다섯 개와 물고기 두 마리로 5천 명도 넘는 사람들이 배불리 먹었다는 말도 안 되는 이야기가 결코 허구가 아니라는 것을 그 순간 그 만남이 확인시켜 주고 있었으니까.

나는 문득 하늘나라가 있다면 이렇게 열리겠구나 하는 마음까지 들었다. 마주치는 이의 삶을 한없이 거룩하고 고맙게 여기며 서로를 위해 자신의 것을 기꺼이 선물하고 싶은 마음이 넘칠 때, 그런 마음이 있는 곳에 하늘나라가 있는 것이 아닐까? 하느님 뜻이 하늘에서와 같이 땅에서도 이루어진다는 건 바로 그런 순간순간을 통해 드러나는 것일 것이다.

그 만남 뒤로 나는 낯선 사람을 만날 때도 어떤 가능성을 열어두게 되었다. 설령 나를 바라보는 눈길이 차갑고 딱딱하게 굳어 있는 이라 하여도, 내가 먼저 그의 삶에 관심을 보이고 따뜻한 눈길을 보낸다면 햇살에 눈 녹듯이 얼음장 같은 마음에도 포근함이 감돌 수 있을지 모르므로. 그러면서 작은 것일지라도 내 것을 먼저 나눈다면, 그도 결국 마음을 열지 않고는 못 배기게 될 것이다. 그와 같은 작은 기적을 만들어가는 것이 이 생애 우리에게 맡겨진 임무 같은 것은 아닐는지?

뻥튀기 집에서 만난 할머니가 내게 그와 같은 마음을 씨앗처럼 심어주고 가셨다. 짧은 만남이었지만 그 만남은 한 줄기 빛이 되어 내 삶의 이정표가 되어준다.

요새 한창 인사하는 재미에 빠진 다랑이가 낯선 이를 향해 "안녀엉……" 하고 인사할 때, 온 마음으로 웃어주는 이가 점점 더 많아지기를. 그렇게 너와 나 사이에 눈부시게 아름다운 하늘나라를 꽃 피워갈 수 있기를!

집에 돌아오니 참 좋다

거의 열흘 가까이 서울 친정에 다녀왔다. 갈 때마다 번번이 다시는 못 올 곳이다 후회를 하지만, 그래도 사랑하는 가족이 있어 그리워지는 곳. 원래는 친지의 결혼식 때문에 가려고 마음을 먹게 된 건데, 이왕 가는 거 이런저런 볼 일을 보려고 친구와의 약속도 잡고, 듣고 싶은 교육도 신청했다. 신랑은 풀짚 공예 박물관과 헌책방 투어를 계획했고, 요즘 한창 공룡과 화석에 관심이 많은 다울이는 뼈다귀 박물관(자연사 박물관)에 가자며 노래를 불렀다.

그리하여 다섯 시간 넘게 기차 여행을 하며 거대한 도시로 진입! 서울이 가까워질수록 뿌옇게 흐려지는 하늘을 보며 안개인지 스모그인지 진실로 궁금해 하며 친정집에 도착했다. 오는 날이 장날이라고 마침 외가 쪽 친척들이 모두 모여 있어 한꺼번에

많은 사람들을 만나게 됐다. 모인 사람들은 반가운 마음에 밤이 늦도록 흩어질 줄 모르고, 긴 여행에 지친 우리 식구도 늦게까지 잠을 이룰 수가 없었다.

그래서일까, 그날 밤 다랑이에게 탈이 나고 말았다. 자다가 깨어 자꾸 보채기에 정신을 차리고 살펴보니 온몸이 불덩이였던 것이다. 다랑이는 열이 오를 때마다 자지러지게 울며 땀을 내어 가까스로 몸을 돌보고 있었다. 그런 다랑이를 지켜보며 익숙한 삶의 공간을 크게 벗어나면 이렇게 탈이 나는구나 싶었다. 기억을 거슬러보니 두 돌 전까지는 다울이도 서울에만 오면 이렇게 아팠는데, 지나간 일이라고 까맣게 잊고 있었다.

다행스럽게도 그날 밤을 넘기고 난 뒤로는 다랑이 상태가 점점 좋아졌다. 하루 이틀은 보채고 내 곁을 떠나지 않더니 점차 활동 무대가 넓어져 배밀이로 온 집안을 누비고 다녔다. 덕분에 친정 엄마에게 다랑이를 맡기고 배우고 싶었던 수업을 받으러 다녀올 수 있었다. 오랜만에 옛 친구들과 만나 마음껏 수다를 떨기도 했다. 모처럼 맛보는 자유, 내가 얼마나 바라고 바랐던가.

하지만 어쩐 일인지 그리 기쁘지 않았다. 교육을 받을 때나 친구들을 만날 때나 사람이나 상황에 집중이 잘 안 되고, 내 이야기를 자연스럽게 풀어내기가 어려웠다. 처음에는 사람을 거의 안 만나고 살다가 오랜만에 만나니 긴장이 돼서 그런가 했는데, 그게 아니었다. 잡다한 게 널리고 널린 도시라는 공간이 '집중'에서 멀어지게 하고, '진심'을 길어 올리기 어렵게 한다는 걸 깨달았다.

없어도 될 것이 널리고 널려 정작 있어야 할 것은 숨어버린 도시. 꼭 해야 하는 일은 적당히 해치우고 안 해도 될 일이나 쓸데없는 일에 열중하는 사람들. 돈을 벌거나 돈을 쓰거나 둘 중 하나에 머물지 않으면 존재 의미를 잃는 공간.

밖이 아무리 추워도 움츠리지 않고 마음껏 활동할 수 있는 비닐하우스 같은 공간 속에서 나는 점점 숨이 막히고 답답해졌다. 자기 뜻대로 박물관이며 헌책방과 도서관을 드나들던 신랑도 집에 돌아오면 "아이구, 죽겠다. 도저히 못 살겠다" 하며 드러누웠다. 우리가 어쩔 수 없는 시골쥐라 그런 거겠지만, 서울에 머무는 시간이 길어질수록 집 생각이 간절했다. 시골 외할머니가 서울 와서 며칠만 있으면 안절부절못하셨던 게 비로소 이해가 되었다고나 할까? 이런 곳에서도 아무렇지 않게 잘 지내는 사람들이 얼마나 대단한지……

물론 가까이서 지켜보니 사람들이 그리 잘 지내지 못한다는 게 눈에 보였다. 우선은 몸부터가 말이 아니었다. 소화불량이나 변비는 일상이요, 만성 두통과 허리 통증에 시달리고 있기도 했다. 나도 며칠 머물러 있는 동안 몸이 점점 무거워지고 똥 누기도 힘들어졌다. 정말 오랜만에 소화가 안 되는 느낌을 맛보기도 했고, 밥때가 되어도 배 고픈 줄을 모르는 신기한 체험도 했다.

안 되겠다 싶어서 다울이와 다랑이, 조카아이들을 끌고 뒷산에 올랐다. 마침 뒷산에는 유아 숲 체험장이 조성되어 있어서 아이들과 함께 놀기에 좋았다. 연못이 얼어 있어서 거기에서 썰매도 타고, 나무 할아버지를 꼭 끌어안고는 할아버지 목소리를 들어보기도 했다. 그러는 가운데 아이들은 산삼을 먹은 듯 펄펄 날아다니고, 나도 비로소 깊은 숨을 내쉴 수가 있었다. 그것으로 집에 돌아오기까지 며칠을 버텨낼 수가 있었다. 우리 집이 얼마나 그립던지! 얼마나 돌아가고 싶던지!

예전에는 미처 몰랐는데 서울에 다녀온 뒤로 내가 사는 곳이 더욱 새롭게 보인다. 밖이 추우면 더 빨리 식는 구들과, 두꺼운 이불을 덮지 않으면 찬 기운이 감도는 집안 공기, 날마다 불 때서 지어먹는 돌솥밥과, 밥 달라고 애절한 눈빛을 보내는 집짐승까지, 나를 무기력함과 권태에 빠지지 못하게 하는 이 모든 상황이 고마울 따름이다. 거기에다 이 집에서 사람 소리가 안 나니까 온 마을이 텅 빈 것 같다며 우리 가족의 귀환을 애타게 기다려온 따듯한 이웃들까지 있으니 더욱더, 돌아오니 참 좋다.

열두 달 자연의 흐름을 찾아서

시골에 살면서 처음 한두 해는 내게 주어진 모든 것이 마냥 좋기만 했다. 한 번도 제대로 누려보지 못했던 자유가 내 손에 쥐어져 있었으니까. 하지만 시간이 흐를수록 그 자유가 버거웠고, 내 안에 잠들어 있던 불안이 스멀스멀 올라오기 시작했다.

'내가 지금 무얼 하고 있는 거지? 남들은 뭔가 열심히 하고 있는 것 같은데 이렇게 마냥 나 편한 대로만 지내도 되나? 돈을 못 벌면 농사라도 제대로 지어야 할 텐데 그것도 아니고…… 결국 나는 생태적 삶이라는 허울 좋은 핑계로 삶을 헛되이 낭비하고 있는 게 아닐까?'

그런 생각에 젖어들면 괜스레 짜증이 나고 앞날이 걱정됐다. 학교에 다니거나 직장 생활을 할 때는 시키는 대로 주어진 일을 하는 데 바빠서 아무 생각도 할 수 없었다면, 모처럼 쟁취한 자유 시간이 무거운 고민을 안겨다준 것이다. 나는 진정 의미 있게 살고 싶었다. 밥 먹고, 농사일 하고, 책 보고, 잠자고…… 그게 삶의 전부는 아닐 거라며 마음을 채워줄 무언가를 갈망했다.

그러한 때 내 눈에 들어온 것이 세시풍속이다. 열두 달 자연의 흐름과 변화에 맞추어 옛날 사람들이 빠짐없이 하고 넘어갔던 그 무엇! 거기에는 삶의 무료함을 달래줄 재미있는 장난거리가 있었고, 무엇보다 작은 풍속 하나하나에도 의미가 담겨 있었다.

예를 들어 대보름 상에 꼭 꼬막을 올려야 한다는데, 거기에도 까닭이 있단다. 그래야 나락이 잘 여문다는 것이다. 알이 꽉 찬 꼬막을 벼 이삭과 연결시킨 그 생각의 유연함이란! 그리고 그 속에 풍년을 바라는 간절함까지 담겨 있다. 그냥 대보름 무렵 꼬막이 제철이니까 맛있어서 먹는다 해도 아무도 뭐라 할 사람이 없겠지만, 그렇게 의미가 담긴 꼬막의 맛은 각별할 수밖에 없다. 꼬막을 먹으며 황금빛 들판을 떠올릴 테니 '내년에는 어떻게 먹고살지?' 하는 불안 요소까지 누그러뜨리는 셈이 되니까.

명절 때마다 차례상을 준비하며 함께 음식을 나누는 것도 단순히 여자들을 고생시키려는 심산은 아니었던 것 같다. 사람이 여럿 모인 자리에는 음식이 풍성해야 활기가 돌게 마련이고, 함께 힘을 모아 음식을 장만하는 재미도 만만치 않다. 식당에서 남이 다 차려준 밥상에 둘러앉아 와구와구 먹는 일에만 바쁜 것과는 다른 차원으로, 요리와 놀이, 일과 사교가 하나가 되는 것이다.

그런 뜻에서 곰곰히 들여다볼 때 정월 대보름만큼 의미가 다채롭게 실려 있는 풍속도 없지 싶다. 일단 그 규모부터가 다르다. 가정의 울타리를 벗어나 온 마을 사람들이 하나되어 움직이니까. 대보름 저녁에 너른 들판에서 벌이는 '달집 태우기'를 보자. 달집을 태워 달이 나오게 한다는 상상도 기가 막힌데다, 달집을 준비하는 과정에서 온 마을 사람들이 힘을 모은다. 누구누구는 생솔가지를 베어오고, 누구누구는 대나무를 베어오고, 누구누구는 짚단을 챙겨오고 하는 식으로 말이다. 그렇게 모은 장작가리에 큰 불을 놓아 함께 불구경을 하는 것이다. 시린 가슴이 활활 타오르는 듯한 느낌에 젖어서, 한데 모인 우리가 하나임을 가슴 벅차게 확인하면서……

나는 아직도 생생히 기억한다. 합천에 살 때 달집을 태우며 달을 기다리던 그 시간! 평소 어렵기만 하던 마을 어르신들과 어우러져 신나게 춤도 추고 소고도 두들겼더랬다. 붓글씨로 축원문 같은 것을 써서 낭독하고, 그 종이에 불을 붙여 달집에 불쏘시개로 던져 넣는 할아버지의 엄숙한 자세에 마음이 숙연해지기도 했지.

마침내 달이 모습을 드러냈을 때는 어떤가? 보름달을 처음 본 사람들마냥 반가워하며 너나할 것 없이 고개를 숙이며 두 손을 비벼 모아 간절히 소원을 빌었다. 그 순간에는 왜 그리도 코끝이 찡하던지. 인간의 나약함이 하늘을 향해 말을 거는 고귀한 순간, 그 순간과 일체가 되는 감동 때문이 아니었을까?

그런데 화순으로 이사 온 뒤에는 더 이상 그런 가슴 벅찬 경험을 할 수가 없었다. 정월 대보름이 되어도 마을은 여전히 쥐죽은 듯 조용하기만 했다. 이사 온 첫해에는 아쉬운 마음에 절에 가서 보름밥이라도 얻어먹을 생각으로 차에 시동을 걸었다.

'부르릉 부릉……' 차 시동 소리를 듣고 한평 할머니가 달려오셨다. 찰밥 수북이 한 그릇과 나물 몇 가지를 넘치게 담은 접시를 들고서 말이다.

"보름인디 어디 가? 보름상은 차렸댜?"

"아뇨. 절에 가서 얻어먹으려고요."

"집이가 차리제만은…… 우리 집 찰밥도 먹어봐. 맛날랑가 모르겠네."

그렇게 얻어먹은 찰밥과 나물은 얼마나 맛있었는지 모른다. 멀리 큰 절에 가서 얻어먹은 것보다 백 배 천 배는 더 말이다. 그때 당시만 해도 내가 손수 보름밥을 차려낼 생각일랑 하지도 못했던 나는, 그 다음해부터 조금 다른 자세가 되었다. 완벽하게는 아니더라도 내 손으로 대보름 밥상을 차려보기로, 희미해진 정월 대보름의 의미를 내 삶 속에서 조금씩 찾아내고 되살려보기로.

물론 쉽지 않았고 아직도 갈 길이 멀다. 묵나물 아홉 가지로 밥상에 나물 꽃 향연을 펼치고 싶었건만, 올해도 다섯 가지 올리는 걸로 만족해야 했다. 또 달을 기다리며 모닥불 놀이라도 하자고 하여 지난해에 처음 시도해 보았지만 우리 가족끼리만 하니 아무래도 썰렁하다. 게다가 우리 마을엔 높은 산 때문에 저녁 아홉시 정도에야 달이 뜨니 그 시간까지 기다리다간 흥겨움이 김빠진 맥주마냥 시들어버리고 만다. 우리 마을엔 왜 달집 태우는 풍습이 이어져 내려오지 않을까 궁금했는데, 바로 그 이유 때문이었나 보다. 달이 너무 늦게 떠서.

그 대신에 대보름 바로 전날 밤 작은 보름에, 밤새도록 불을 피워놓고 놀았다고 한다. 생대나무를 태우며 그 위를 나이 수만큼 건너뛰기도 하고, 깡통에 불을 피워 쥐불놀이도 하면서 말이다. 그러다가 동틀 무렵이 되면 꼭두새벽에 찐 찰밥과 전날 준비한 나물, 슴슴한 콩나물국에 무를 넣어 만든 짓국(냉국), 꼬막 등을 올려 보름상을 차려놓고 차례를 지냈다는 것이다. 한평 할머니 말로는 20여 년 전까지만 해도 꼬박꼬박 지켜오던 행사였단다.

"그날은 잠자믄 안 되아. 굼벵이 된다드만. 우리 애기들 어렸을 때는 밤새도록 불 피워놓고 놀고 그랬어. 시방도 그날은 이 방 저 방 불 다 써논당께."

그렇다. 의미가 많이 퇴색되고 축소되기는 했지만 아직도 할머니들은 대보름을 그냥 넘어가지 않으신다. 며칠 전부터 묵나물을 꺼내 물에 불렸다가 나물을 볶고, 새벽 두세시에 일어나 찰밥을 쪄 상을 차린다. 그리하여 대보름 낮에 마을회관에 모여 나누어 먹는다.

"우리는 질(길)이 나갖고 그냥 넘어가들 못한당께. 성가신게 안 해야지 하는데도 몸이 알아서 하는디? 시방 도시서는 대보름인 줄도 모르고 넘어간다드만……"

수봉 할머니의 말이다. 수봉 할머니는 다리가 아파서 병원에 입원했다 나온 다음날에도 새벽에 일어나 보름상을 차리셨단다. 자식들이 찾아오는 명절도 아닌데, 몸에 익은 습속이라 떨쳐내기 어려우셨던가 보다.

그 얘길 들으며 이렇게 떨쳐내기 어려운 습속이 몇십 년 사이 너무 쉽게 잊히고 있음이 떠올라 안타까웠다. 의미가 잊히는 데 걸리는 시간과 의미를 되찾는 데 걸리는 시간…… 그 사이의 아득함과 막막함이란……

그렇다 하더라도 나는 잃어버린 의미를 찾아 길을 떠나련다. 황무지를 개간하는 것만큼 수고로워도 내 힘닿는 만큼씩 밭을 일구면 땀방울이 보석처럼 빛나게 되겠지. 쑥대밭이 옥토로 바뀌는 만큼 내 삶에도 의미라고 하는 보물이 영글어가겠지. 할머니들의 삶이 오래된 유물과도 같이 이어지고 있어 내게 용기를 준다.

약한 닭이 알을 품는다

　바야흐로 다랑이 시대가 왔다. 내리사랑이라더니 온 동네를
주름 잡던 다울이 인기는 그야말로 한순간에 사그라지고, 이제는
온 마을 할머니들이 다랑이 보는 낙에 살고 계신다.

　"꼬치 어딨냐, 꼬치?"

　"워따. 거기 있어? 꼬치가 많이 컸다. 밥 많이 묵었는갑메."

　"놈의 집 귀한 아들 꼬치는 왜 쳐다본대? 할머니 저리 가라고
때이 해부러, 때이."

　오늘도 마을 할머니들은 다랑이를 한가운데 두고 실랑이를
하시고, 다랑이는 이 할머니 품에 안겼다가 저 할머니 손을 잡
았다가 하며 할머니들 애간장을 살살 녹인다. 인사는 또 얼마
나 잘하는지 마당에서 놀고 있다가도 누가 지나가는 발자국 소

리만 들리면 달려나가 "함무이! 안녀엉~" 하며 허리를 굽실거린다. 이렇게 낯가림도 없이 누구에게나 안기고 따르니 더 예쁨을 받을 수밖에.

문득 지난날을 떠올려볼 때 지금 눈앞에 벌어지는 일들이 마치 꿈만 같다. 다랑이가 저 혼자 두 발로 걸어 다닐 날이 올 줄 어찌 알았나? 저 야무진 눈빛과 통통한 볼살을 보라. 저렇게 건강해질 줄 누가 알았나? 정말이지 아기 새처럼 작고 가냘펐는데, 한없이 약해 보여서 잠시도 품에서 내려놓을 수가 없었는데 말이다.

요즘엔 산모들 영양 상태가 좋아서 막 태어난 아이도 3킬로그램에서 4킬로그램은 쉽게 나간다고 하지 않나? 그런데 다랑이의 경우 몸무게가 쉬 늘지 않아 애를 먹었다. 그러니까 어떤 우여곡절이 있었는가 하면……

태어날 때 몸무게는 2.9킬로그램으로 별다른 이상 없이 집에서 순풍 낳았다. 하지만 두 주 정도 지나자 아기 얼굴이 점점 야위어간다는 느낌을 받았고, 급기야 아기가 혈변을 누기에 이르렀다. 자연 건강법을 일러주시는 어느 선생님께 여쭈니 태어날 때부터 장에 염증이 있어서 먹은 게 소화 흡수가 안 되었는데, 애를 방 안에만 가두어두니 산소 공급이 안 되어 염증이 출혈로 번졌다는 것.

어떻게 해야 하나, 병원에 데려가야 하나 고민하는 사이 아이는 탈수가 심해 맥을 못 차릴 정도로 상태가 악화되었고, 허둥지둥 대학 병원 응급실로 달려갈 수밖에 없었다. 그런데! 가서 보니 아기 몸무게가 2킬로그램이란다. 그동안 1킬로그램 가까이 살이 빠지고 있었던 것이다. 신생아가 살이 빠지는 경우는 처음 본다며 병원에서도 난리가 났다. 나로서도 어안이 벙벙하고 눈물만 나왔다. 아기가 살이 빠질 정도로 힘들어하고 있었는데 어떻게 그걸 모를 수가 있는지, 그러고도 엄마가 맞는지 자책감이 밀려들었다. 의사들은 나를 제정신이 아닌 여자로 바라보았고, 원인을 밝혀내려면 각종 검사를 해봐야 한다며 아이에게 주사기를 들이밀었다.

그것이 아이를 살리기 위한 그들 나름의 최선이라는 건 알지만, 병원에 아이 목숨을 맡긴 채 노심초사한 나날을 보내고 싶지는 않았다. 결국 이 아이와의 인연이 짧게 끝날 수도 있음을 비장하게 각오하고, 입원한 지 이틀 만에 집으로 돌아왔다. 그때부터는 자연 건강법 선생님의 도움말에 힘입어 날마다 냉온욕을 시키고 산에 데려가 벌거숭이로 벗겨놓고, 죽염과 효소 물을 먹이고, 쉴 새 없이 기도하는 것으로 바라지를 했다. 길든 짧든 소중하게 맺어진 인연을 허투루 대하고 싶지는 않기에, 매 순간 내가 할 수 있는 만큼 최선을 다했다.

그러자 더디기는 하지만 아이는 점점 나아졌다. 눈에 띄게 살이 붙지는 않았지만 하루 이틀 사이 0.01킬로그램씩이라도 몸무게가 늘었고, 똥 색깔도 차차 밝아졌다. 나는 그저 감사할 뿐이었다. 이 아이와 함께 하루를 더 살 수 있다는 것만으로도 축복으로 여겼으니까. 온종일 아이를 안고 살아야 했으니 몸이 고단할 법도 한데 한 번도 힘들다 느껴본 적도 없었다.

하지만 그때 당시 나를 가장 힘들게 했던 것은 따로 있었으니, 바로 마을 사람들의 수군거림이었다. 애가 못 먹어서 저런다고, 엄마가 애 뱄을 때 고기를 못 먹어서 아이가 약한 거라고, 분유를 먹이면 쑥쑥 클 텐데 미련하게 고집을 피운다고…… 그런 얘기를 귀에 못이 박히도록 들었다. 장이 약해서 먹는 걸 더 조심해야 한다고 여러 번 말씀을 드렸으나, 그럴수록 이상한 사람 취급을 받는 것 같아서 "분유 값이 없어서 못 먹여요"라며 딱 잘라 말해버렸다. 사람들의 걱정 어린 잔소리가 싫어서 마을 사람들을 마주치지 않으려고 일부러 피해 다니기도 했다.

그런데 어느 날, 태어난 지 두 달 남짓 된 다랑이가 몸무게 3킬로그램 고지를 바라보고 있을 때였던가 보다. 소리실 할머니가 애기 좀 보자며 찾아오셨다. 다른 이웃들에게 아기가 영 시원찮다는 얘길 전해 들으시고 걱정이 되어 사실 여부를 확인하러 오신 것이다.

물론 나로서는 썩 내키지 않는 방문이었다. 또 무슨 걱정을 하실까 싶고, 가뜩이나 눈물이 많은 분이 애를 보고 눈물이라도 흘리신다면 나는 속상해서 참을 수 없을 것만 같았다. 그렇다고 그냥 가시라 할 수는 없어서 할머니 품에 아기를 안겨드렸다. 그러자 손으로 더듬더듬 다랑이 배를 만져보신 소리실 할머니가 환히 웃으면서 이런 말씀을 하시는 게 아닌가.

"걱정 안 해도 되겠네. 애기 배꾸리가 든든허니 꽉 찼구만. 배곯은 아그는 배꾸리가 이러지를 않는단 말여. 내가 새대기 때, 이 마을 아그들 동냥젖 많이 묵여봐서 안당께. 미음도 못 삼키는 아그, 젖도 잘 못 빠는 아그, 별별 아그를 다 봤는디 진짜로 안 될 성싶은 아그는 배꾸리가 쏙 들어가고 심이 없어. 인자 걱정 안 해도 되겠어. 앞으로 탈 없이 잘 클 것잉께 암 걱정두 말어."

"정말요? 이제 정말 괜찮을까요?"

"암만. 우리 큰아들은 막 났을 때 딱 쥐새끼만 했어. 불쌍한 것이 인자 죽을란갑다 했는디 젖을 먹인께 배꾸리가 차드만. 그래가꼬 살랑가 했드만 쪼까 있응께 무장 크더라고. 병치레 한 번 안 하고 커서 지금은 등치가 산만 허당께."

"할머니 얘길 들으니까 기운이 나네요. 저도 아이가 점점 나아지는 걸 느끼고 있는데, 다른 할머니들이 하도 걱정을 하시니까 얼마나 속이 상했는지 몰라요."

"할망구들이 알도 모름서 무담시 난리여. 괜찮애. 애기 잘 크고 있응께 걱정 안 해도 써."

그 얘길 듣자 고마워서 절이라도 하고 싶었다. 설사 내 마음을 편안하게 해주기 위한 거짓말이라고 해도 좋았다. 이제껏 어느 누구도 그런 눈(더딘 성장을 믿음으로 바라봐 주는 눈)으로 다랑이를 바라봐 주지 않았기에. 직접적으로 말을 하고 안 하고의 차이는 있어도 어느 누구 할 것 없이 안쓰럽다는 듯한 동정의 눈빛으로만 다랑이를 바라보았기에…… 그동안 따뜻한 위안에 목말라 있던 나는 소리실 할머니의 '괜찮다' 소리를 보약처럼 꿀꺽 받아마셨다.

문득 양계업을 오랫동안 해온 분이 들려준 말씀이 떠올랐다.

약 한 닭 이 알 을 품 는 다!

여러 마리 닭을 기르다 보면 알을 품는 닭이 따로 있다는 것이다. 대개는 무리 중에서 가장 힘이 없고 약한 닭이 알을 품는 역할을 한다고 한다. 상식적으로 생각하면 스무하루 가까이 알을 품는 일은 고행에 가까운 일이라 가장 건강한 닭이라야 그 일을 감당할 수 있을 것 같다. 그런데 약한 닭이 알을 품는다? 그 얘기를 들었을 당시 놀랍기도 하고 이상하기도 해서 고개를 갸우뚱 거렸던 기억이 난다.

하지만 이제는 알겠다. 왜 약한 닭이 알을 품는지. 남들에게 업신여김당하고 온갖 우여곡절 속에서 살아온 사람은 절대 남에게 틀에 박힌 잣대를 들이대지 않는다. 생명을 정상 비정상의 척도로 재단하지 않는 것은 물론, 생명 그 자체를 귀하게 바라볼 줄 안다. 게다가 아픈 사람 아픈 마음 알고, 슬픈 사람 슬픈 마음을 속 깊이 헤아려 따스하게 품어준다. 그것이 결국 알을 품는 일이 아니고 무어겠는가?

그러고 보면 내가 다랑이를 낳은 뒤에 겪은, 무사하지 않았던 지난날은 참으로 고마운 나날이기도 하다. 다랑이가 여리고 아팠던 만큼 나도 충분히 약했고, 또 그러면서 역설적으로 생명의 강인함을 확인했던 시간, 그 시간을 겪어왔기에 나도 누군가를 품어주는 따뜻한 마음을 길러낼 수 있지 않았을까? 소리실 할머니만큼은 아니더라도, 최소한 특별한 상황 속에 놓인 누군가를 궁지로 몰아 더 큰 상처를 입히는 일은 없을 테니 말이다.

결국 달갑지 않은 아픔과 시련은 우리 삶 속에서 빼놓을 수 없는 가장 소중한 선물인지도 모른다. 사람다운 사람으로 살아가기 위한 든든한 밑거름과도 같은.

사랑이 나를 사랑으로 태어나게 한다

엄마가 된다는 건, 나를 위해 바치던 시간을 온전히 아이 몫으로 내어놓는 것이 아닐까? '내'가 빛나던 화려한 날들을 미련 없이 떠나보내고 '너'를 빛내기 위해 온힘을 다 쥐어짜는 날들······

이제는 뭐 당연하게 받아들이고 아무렇지 않게 살아가고는 있지만, 그래도 가끔은 거울 앞에 선 퀭한 내 얼굴을 안쓰럽게 바라보게 될 때가 있다. 그런 엄마 마음을 알 리 없는 다울이는 가끔 내 속을 뒤집어놓는다.

"엄마, 엄마 손은 왜 이렇게 까칠까칠해? 보라 이모 손은 부드러운데······ 엄마도 예쁜 옷 좀 입어. 엄마가 못생겨 보이는 거 싫어."

"엄마가 엄마 챙길 시간이 어디 있냐? 밥해야지, 빨래해야지,

청소해야지, 다랭이 똥 치워야지…… 엄마도 한때는 예뻤어. 근데 하느님이 예쁜 거 포기하면 너희들을 선물로 주신다고 해서 너희들을 선택한 거야."

"정말이야? 엄마도 옛날에는 예뻤어?"

"그러엄!"

다울이에게 큰소리를 칠 만큼 예뻤던 것은 아니지만, 물론 내게도 젊음 그 자체만으로 빛나던 시절이 있었다. 내가 좋아하는 것을 찾아다니고, 내가 좋아하는 사람들을 만나고, 나를 위해 아낌없이 모든 것을 쏟아 붓던 시간이 분명 존재했더랬다. 지금에 와서 그때를 떠올리는 게 무슨 의미겠는가마는.

그런 생각을 하며 아궁이에 불을 때고 있었다. 불을 때는 동안만이라도 여유롭게 불만 때고 싶건만 다울이가 책을 꺼내들고 와 읽어달라 하고, 다랑이는 등 뒤에 달라붙어 떨어질 생각을 않는다.

"으이구, 이놈 자슥들…… 엄마가 잠자코 있을 틈을 안 주는 구만."

투덜거리며 다울이에게 책을 읽어주려는 찰나, 핸드폰이 울렸다. 합천에 살 때 가깝게 지내던 이웃이었다. 오랜만에 무슨 일인가 싶어 얼른 전화를 받았다.

"어머, 선생님. 어쩐 일이세요?"

"다울이 엄마, 설매실 아즈매가 목소리라도 듣고 싶다 캐서 전화했습니다. 바꿔드릴게요."

......

"우찌 사노? 아들만 둘이라 카대. 아 키우느라 고상이 많겄다."

"어머, 설매실 할머니! 안 그래도 많이 보고 싶었어요."

"나도 참 보고 잡다. 한번 안 오나?"

"가야지 가야지 하는데 쉽지 않네요. 그래도 어떻게 기회를 만들어볼게요."

"됐다 마. 아 둘 델꼬 우찌 움직이겠노? 심 들어서 안 된다. 우리가 함 가께. 서 국장 차 타고 나들이삼아 가께."

"오시면 대환영이죠. 제가 맛있는 거 해드릴게요. 옛날엔 얻어먹기만 했잖아요."

"아이구마, 착해가꼬. 하도 좋게 살아논께 참 보고 잡다. 진짜로 보고 삐다. 서국장 바꿔주께."(울먹울먹)

......

"다울이 엄마, 설매실 아즈매 운다. 다음에 마을 할머니들 모시고 전라도로 꽃구경 갈게요. 아즈매 한 좀 풀어주게."

"네, 꼭 오세요. 꼭!!!"

전화를 끊고 나자 참았던 눈물이 터져 나와 두 손으로 얼굴을 가린 채 울어버렸다. 설매실 할머니 목소리를 듣는 순간부터 목구멍이 뜨거워지더니만 마침내 불덩이처럼 뜨거운 눈물이 쏟아져 내린 것이다.

"엄마, 왜 울어? 어른들도 울 때가 있어?"

"엄마는 지금 설매실 할머니가 보고 싶어서 우는 거야. 목소리 들으니까 너무 보고 싶어서. 너도 산들이가 놀다 간 다음날 하루 종일 산들이 보고 싶다고 했잖아. 엄마도 그런 마음이야."

"아…… 근데 설매실 할머니가 누구야?"

"엄마가 처음 시골에 내려와 살 때 엄마를 돌봐주고 사랑해 주신 분이야."

"청라 이모 책(《청라 이모의 오순도순 벼농사 이야기》, 정청라, 토토북, 2010)에 나오는 할머니?"

"응, 바로 그분!"

다울이에게는 간략하게 말할 수밖에 없었지만 사실 설매실 할머니에 대해서라면 할 말이 참 많다. 무슨 말부터 해야 하나 오히려 말문이 꽉 막혀버릴 만큼 말이다.

그러니까 내 나이 스물아홉 꽃띠에 처음 밟아본 경상도 땅, 낯선 경상도 사투리와 시골 환경에 나는 꼭 외국인이 된 것 같았다. 과연 거기에 뿌리를 내리고 정을 붙일 수 있을 것인지 내 자신조차 확신할 수 없던 그때에, 설매실 할머니가 나타나 버팀목이 되어주신 것이다. 그야말로 수호 천사처럼 나와 일거수일투족을 함께하면서.

예를 들어 내가 밭일에 지쳐 고단해하고 있을 때면 어김없이 "쉬다 해라!" 하는 설매실 할머니 목소리가 들려왔다. 그러면 그때가 쉬는 시간이 된다. 할머니가 어르신 몰래 가져온 소주병을 꺼내 큰 컵으로 하나 가득 따라주시면 얼떨결에 받아 마시고는 알딸딸하게 취한다. 할머니는 흥에 겨워 노래를 부르고 춤도 추시고, 나는 드러누워 하늘을 보고…… 정말이지 설매실 할머니와 함께라면 저절로 장밋빛 인생이 되었다. 생소주엔 밭에서 막 뽑은 풋마늘이 좋은 안주가 된다는 것도 그때 처음 알았다.

그뿐인가, 농사는 물론 살림 경험이 전무하다시피 한 나에게 하나부터 열까지 참 많은 것을 가르쳐주셨다. 콩 심는 간격부터, 각종 나물 이름, 두부나 메밀묵 만드는 법, 모내기 요령, 사람답게 사는 법 등, 하여간 아주 사소한 것에서부터 굉장히 심오한 것까지 나는 설매실 할머니로부터 배웠다.

특히 기억에 남는 것은 할머니가 손님을 대하는 자세였는데, 하다못해 집 앞에 전봇대를 점검하러 나온 아저씨까지도 불러다 먹을 것을 챙겨주셨다. "내 자슥도 밖에서는 저래 고생하고 살긴데…… 월급쟁이가 좋아 봬도 옛날로 치믄 머슴 아이가. 그래노니께 다 내 자슥 같다" 하시면서 말이다. 그야말로 정이 차고 넘쳐서 사람을 감동시키는 재주가 있는 분이었다.

그런 까닭에 내가 잠깐 서울에 볼일이 있어 다녀올라치면 엄마 갖다주라며 고춧가루며 시래기, 쑥 같은 제철 먹을거리들을 바리바리 싸주셨다. "언제 올낀데?" 하며 눈물을 글썽이기도 하고, 어쩌다 예정보다 늦게 돌아올 때면 "와 이제 왔노?" 하며 샐쭉한 표정으로 째려보기도 하셨다. 하지만 할머니 드시라고 사온 빵이라도 내밀면 "이게 뭐시고? 됐다 마!!"라며 얼마나 미안해하셨는지…… 결국 그보다 훨씬 더 큰 걸로 돌려주시면서도 말이다.

이렇게 나를 기다려주는 사람, 내게 더없는 애정을 보내주는 사람이 있다는 게 얼마나 큰 힘이 되었는지 모른다. 그러고 보면 내가 여태껏 '땅'을 밟고 살 수 있는 건 설매실 할머니가 보내준 사랑 때문이었는지도 모른다. 설매실 할머니가 해주신 밥, 들려주신 말씀, 나눠주신 선물…… 그런 것들이 나를 여기까지 이끌지 않았을까?

지금 내가 살고 있는 마을의 할머니들도 마찬가지다. 젊은 사람이 고생구덩이 속에 찾아들어 왔다며 걱정 어린 눈으로 쳐다보시지만, 알게 모르게 도움의 손길을 내밀어주신다. 맛있는 게 있으면 나눠주고, 아이들이 아프거나 다치면 나보다 더 걱정해 주고, 모르는 게 있으면 가르쳐주시면서……(이 글을 고쳐 쓰는 지금도 셋째 입덧 때문에 밥도 제대로 못 먹는 나를 위해 수봉 할머니가 새콤달콤한 도라지 무침과 도토리묵을 해다 주시고, 한평할머니는 막 담근 열무김치와 시래깃국을 끓여다주셨다. 그 덕분에 기운을 차려 글을 고쳐 쓰고 있다.)

그래, 돌아보면 지금껏 나는 누군가에게 아무런 조건 없이 넘치는 사랑과 관심을 받으며 살았다. 그 사랑이 나를 살리고 내게 길을 보여주었다. 그렇다면 이제는 나도 아낌없이 누군가를 사랑해 줄 때가 아닐까? 사랑은 사랑을 낳아야 진정 제 몫을 다하는 것. 삶은 그렇게 돌고 돌아 이어지는 것. 지금껏 나를 살게 해준 숱한 사랑이 나를 다시 사랑으로 태어나게 한다.

"애들아, 이리 와봐. 엄마가 꼭 안아줄게."

나는 다시 엄마로 사는 기쁨에 젖는다.

나는 어떤 할머니가 될까?

누군가 내게 충고했다. 시골은 인생의 종착점이 아니더냐고. 젊은 나이에 세월을 허비하지 말고 도시에서 이것저것 경험하며 살다가, 이다음에 나이 들면 내려와 살라고. 도대체 꼬부랑 할망구들 사이에서 무슨 재미가 있고 배울 게 있겠느냐고……

하지만 나는 그분의 말에 동의할 수 없었다. 내 생각에 도시가 온실이라고 하는 부자연스러운 환경이라면, 시골은 온실 밖의 세상이다. 온실 안에 사는 사람들은 겉보기엔 삶을 화려하게 꽃피우는 듯해도, 안으로는 생명의 기운이 메말라 있다. 반면 시골 사람들, 적어도 시골에서 내가 만난 할머니들은 초라하고 볼품없는 겉모습과 달리 그 내면에 무한한 힘을 지니고 있었다. 추위와 더위, 비바람의 공격을 맨몸으로 견뎌내다 보니 자연스럽게 자기 안의 생명력을 온전히 지켜낼 수 있었던 것인지도 모른다.

그런 뜻에서 나는 할머니들의 악착같은 삶을 지켜보는 것만으로도 큰 깨달음과 용기를 얻었다. 누군가 가르쳐준 지식이나 기술에 의존하지 않고(놀아나지 않고) 자연스러운 본성의 힘만으로 살아갈 수 있다는 어떤 가능성을 제시해 주었기 때문이다. 지금 당장 내 몸과 마음은 온실에 대한 미련을 전부 다 떠나보내지는 못했을지언정, 떠나온 게 맞다는, 그리고 언젠가는 할머니들 계시는 그 경지에 다다를 수 있을 거라는 확신까지도 갖게 되었다.

《할머니 탐구 생활》은 바로 그 확신에 대한 증언이다. 또한 잘산다는 게 뭔지, 나이 든다는 건 무엇을 의미하는지, 어려움과 고난이 꼭 절망이 될 수밖에 없는지 등 할머니들 삶을 바라보며 묻고 또 묻는 질문 자체가 내게는 더없는 선물이었다. 때로는 정답 그 자체보다 물음 안에 더 큰 진실이 담겨 있는 것인지도 모르기에 말이다.

나는 다시 묻는다. 나는 어떤 할머니가 될까? 나는 어떻게 살아가고, 어떻게 죽음을 맞을까?

가까이 다가온 죽음을 정면으로 바라보며, 그래서 더욱 삶의 소중함을 알고 삶을 아름답게 가꾸어가는 할머니를 꿈꿔본다. 내 자식 아끼듯 다른 자식 품어주며, 그렇게 온 생명을 끌어안고 어깨춤을 추면 좋겠다. 할머니란 말의 어원이 '한(큰) 어머니'에서 왔듯이 엄마의 울타리를 늘이고 늘이고 늘여서, 아무 경계 없고 억지 권위나 위엄 없는 편안한 자리에 다다르고 싶다.

하얀 눈 위에 난 할머니 발자국을 따라 걸으며……

샨티 회원제도 안내

샨티는 사람과 사람, 사람과 자연, 사람과 신과의 관계 회복에 보탬이 되는 책을 내고자 합니다. 만드는 사람과 읽는 사람이 직접 만나고 소통하고 나누기 위해 회원제도를 두었습니다. 책의 내용이 글자에서 머무는 것이 아니라 우리의 삶으로 젖어들 수 있도록 함께 고민하고 실험하고자 합니다. 여러분들이 나누어주시는 선한 에너지를 바탕으로 몸과 마음과 영혼에 밥이 되는 책을 만들고, 즐거움과 행복, 치유와 성장을 돕는 자리를 만들어 더 많은 사람들과 고루 나누겠습니다.

샨티의 회원이 되시면

샨티 회원에는 잎새·줄기·뿌리(개인/기업)회원이 있습니다. 잎새회원은 회비 10만 원으로 샨티의 책 10권을, 줄기회원은 회비 30만 원으로 33권을, 뿌리회원은 개인 100만 원, 기업/단체는 200만 원으로 100권을 받으실 수 있습니다. 그 외에도,

- 추가로 샨티의 책을 구입할 경우 20~30%의 할인 혜택을 드립니다.
- 신간 안내 및 각종 행사와 유익한 정보를 담은 〈샨티 소식〉을 보내드립니다.
- 샨티가 주최하거나 후원·협찬하는 행사에 초대하고 할인 혜택도 드립니다.
- 뿌리회원의 경우, 샨티의 모든 책에 개인 이름 또는 회사 로고가 들어갑니다.
- 모든 회원은 샨티의 친구 회사에서 프로그램 및 물건을 이용 또는 구입하실 때 할인 혜택을 받을 수 있습니다.
- 샨티의 책들 및 회원제도, 친구 회사에 대한 자세한 사항은 샨티 블로그 http://blog.naver.com/shantibooks를 참조하십시오.

샨티의 뿌리회원이 되어
'몸과 마음과 영혼의 평화를 위한 책'을 만들고 나누는 데
함께해 주신 분들께 깊이 감사드립니다.

뿌리회원(개인)

이슬, 이원태, 최은숙, 노을이, 김인식, 은비, 여랑, 윤석희, 하성주, 김명중, 산나무, 일부, 박은미, 정진용, 최미희, 최종규, 박태웅, 송숙희, 황안나, 최경실, 유재원, 홍윤경, 서화범, 이주영, 오수익, 문경보, 최종진, 여희숙, 조성환, 김영란, 풀꽃, 백수영, 황지숙, 박재신, 염진섭, 이현주, 이재길, 이춘복, 장완, 한명숙, 이세훈, 이종기, 현재연, 문소영, 유귀자, 윤홍용, 김종휘, 이성모, 보리, 문수경, 전장호, 이진, 최애영, 김진회, 백예인, 이강선, 박진규, 이욱현, 최훈동, 이상운, 이산옥, 김진선, 심재한, 안필현, 육성철, 신용우, 곽지희, 전수영, 기숙희, 김명철, 장미경, 정정희, 변승식, 주중식, 이삼기, 홍성관, 이동현, 김혜영, 김진이, 추경희, 물다운, 서곤, 강서진, 이조완, 조영희, 이다겸, 이미경, 김우, 조금자, 김승한, 주승동

뿌리회원(단체/기업)

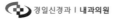

회원이 아니더라도 이메일(shantibooks@naver.com)로 이름과 전화번호, 주소를 보내주시면 독자회원으로 등록되어 신간과 각종 행사 안내를 이메일로 받아보실 수 있습니다.

전화 : 02-3143-6360 팩스 : 02-338-6360
이메일 : shantibooks@naver.com